Hors-piste

Orianne Charpentier

La petite capuche rouge

Illustrations
de Sébastien Mourrain

GALLIMARD JEUNESSE

Chapitre 1

Cette nuit, j'ai fait un rêve horrible. J'arrivais en cours de français et je voyais tout le monde, autour de moi, sortir des copies doubles. Alors je demandais :

– Il y a une interro ? Mais on ne m'a rien dit ! Une interro sur quoi ?

Personne n'avait l'air de m'entendre. Comme si je n'existais pas.

Le prof a commencé à écrire au tableau, et j'ai pu lire : DIPLÔME D'ÉVALUATION SUR L'AMOUR. J'ai eu un haut-le-cœur parce que l'amour, je n'y connaissais pas grand-chose. D'ailleurs cela ne m'intéressait pas, et en plus je n'avais pas révisé. Mais j'ai respiré, et j'ai pensé :

« Courage. C'est quand même le sujet le plus connu de toute l'humanité, il n'y a pas de raison que je sois plus nulle qu'une autre. »

J'ai essayé de déchiffrer les questions. Je n'ai pas réussi. Les lettres dansaient devant mes yeux, j'avais l'impression d'assister au bal des mouches. Alors j'ai chuchoté à mes voisines (il n'y avait que des filles autour de moi, et je n'arrivais pas à attirer l'attention des garçons de ma classe) :

– Hé, c'est quoi, les questions ?

Elles m'ont encore ignorée.

– Hé, m'sieur ! j'ai crié en levant la main.

Le prof — très jeune, très mignon, complètement inconnu — n'a même pas tourné la tête. J'ai commencé à sentir la panique monter, parce que l'heure tournait. Autour de moi, les stylos grattaient le papier avec enthousiasme.

Et j'envisageais des mesures extrêmes dans l'espoir qu'on me remarque enfin (genre me rouler par terre ou grimper sur la table), lorsqu'une grosse dame a atterri sur la chaise libre à côté de moi.

– Poussez-vous un peu, jeune fille, a-t-elle maugréé.

Elle répandait une effroyable odeur de patchouli, alors j'ai obéi avec plaisir. Elle a ramené son manteau de plumes rouges sur ses épaules, et d'une des poches elle a sorti un livre. C'était un petit volume très épais, avec une couverture vieux rose, sur lequel il était écrit en lettres dorées : 1 000 QUESTIONS SUR L'AMOUR.

– C'est pour vous, m'a-t-elle dit. C'est l'épreuve de rattrapage pour les cas dans votre genre. Et dépêchez-vous, parce qu'il ne vous reste plus beaucoup de temps.

– Mais… Mais comment ça ? ai-je bredouillé.

– Puisque vous n'êtes pas fichue de donner dix petites réponses toutes bêtes comme vos camarades, a répondu la grosse dame rouge, vous allez devoir en trouver mille. C'est comme ça.

Et tout en me parlant, elle secouait ses épaisses joues duveteuses, sur lesquelles flamboyait un rond de blush pailleté.

Je n'ai plus rien osé dire. Je me suis plongée dans le livre, qui sentait les sous-bois, la mer, et peut-être — je n'en étais pas sûre — un vague parfum d'encens. Mais la seule chose que je parvenais à saisir, c'était les crocs noirs des points d'interrogation. Le reste était écrit dans une langue inconnue, avec un alphabet indéchiffrable, où chaque lettre ressemblait à un arbre. Il me semblait que j'errais soudain dans une forêt profonde, sans espoir d'en sortir. Alors la grosse boule filandreuse qui me serrait la gorge s'est épaissie encore, et j'ai demandé d'une toute petite voix :

– Pourquoi ? Pourquoi moi ?

La grosse dame s'est redressée de toute sa hauteur, elle a arrondi sa petite bouche rouge en un cœur parfait, et m'a lâché ce verdict :

– Parce que vous n'êtes pas bonne.
À ces mots, j'ai senti le plancher s'écrouler sous mes pieds. Et tandis que la terre m'engloutissait, je ne la quittais pas des yeux, espérant une dernière explication :
– Comment ça, pas bonne ? Pas bonne dans quel sens ?

Je me suis retrouvée dans mon lit, hors d'haleine.

Chapitre 2

– Méthilde ! Encore dans la salle de bains ! Tu vas rater ton car et si je t'accompagne, c'est moi qui vais être en retard au boulot ! C'est insupportable à la fin…

Comme tous les matins, mon père tambourine à la porte. Moi, je m'en moque, je fais comme si de rien n'était. Je me regarde dans la glace, j'arrange mes cheveux, j'ajuste mon soutien-gorge. Puis je me penche vers mon reflet, je rajoute du brillant à lèvres, j'inspecte la longueur de mes cils. Je déboutonne un peu mon chemisier. Et quand j'estime que je suis prête, je me contemple une dernière fois. « Bien sûr que si, que je suis bonne, je me dis. Il n'y a aucun doute à avoir. »

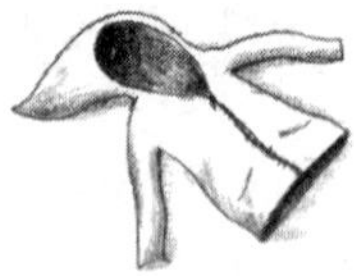

La plupart des filles de mon âge se trouvent affreuses, et souvent à juste titre, mais quant à moi, je ne me vois pas de défauts. Peut-être pourrait-on à la limite critiquer mes oreilles, qui sont un peu trop grandes, encore qu'elles soient entièrement cachées sous ma flamboyante chevelure (d'un blond fauve très rare, je tiens à le préciser). Et j'admets aussi qu'autrefois, avant qu'un appareil dentaire ne les redresse, j'avais de longues dents pleines de caractère quoique un tantinet en avant. Mais depuis, je me considère comme une des plus jolies personnes que je connaisse.

Au dernier moment pourtant, devant mon miroir, j'hésite : un doute me vient, j'ai l'impression que ce haut me fait un teint d'endive.

J'enlève le chemisier et j'avise, sur une étagère de la salle de bains, au-dessus de la machine à laver, un pull enveloppé dans un plastique de pressing. Je le prends, je déchire le plastique, un parfum s'échappe quand je déplie le pull : c'est en fait un petit polo à capuche d'un rouge profond, dont la laine est si fluide et si chaude qu'elle coule entre mes doigts comme un filet de sang.

– Ça, c'est du 100 % cachemire ou je ne m'y connais pas.

Je cherche l'étiquette pour vérifier, mais il n'y en a pas. La maille est d'une finesse incroyable, on devine à peine les coutures.

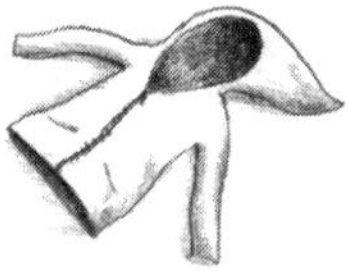

Je décide de l'enfiler. Il s'enroule autour de moi comme une seconde peau. Son col en V souligne mon décolleté ; c'est magnifique.

– Là, plus aucun doute possible.

J'ai l'impression que ce vêtement m'attendait depuis des années pour exister enfin : je suis exactement la fille qu'il lui fallait.

Je sors de la salle de bains. Mon père m'attend dans la cuisine, devant deux bols de thé. Il m'a préparé une tartine. Il hausse les épaules lorsqu'il me voit arriver. Il ronchonne un peu, pour la forme, sans lever la tête. Mais lorsque je m'assieds pour boire mon thé, je devine qu'il me regarde et que deux rides inquiètes se creusent audessus de ses lunettes.

Je prends le car à l'arrêt près de l'église. Il descend ensuite la grande côte vers une toute petite ville dans la vallée, là où se trouve mon collège. Ce car transporte ainsi les élèves de tous les autres villages alentour — de minuscules bourgs semblables au mien, où l'on compte plus de vaches et de poules que d'habitants, plantés au milieu d'immenses champs plats. Le paysage de ma région, c'est cela : une plaine de blé où le vent fait des vagues, entre des forêts sombres et une route nationale. Pour aller au cinéma, il faut rouler vingt kilomètres, et quarante pour trouver un service des urgences. Autant

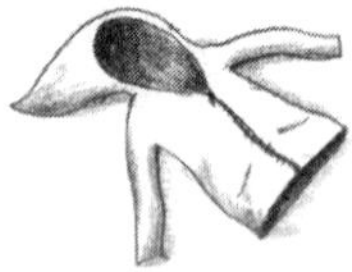

dire que l'hiver y est triste comme un dimanche soir, avec des vieux qui rabougrissent et des jeunes qui s'ennuient. Je ne parle même pas de l'été, que je trouve insupportable parce que tout rayonne d'une joie qui me paraît fausse : les prés verts, les veaux aux grands yeux vides, et les touristes des grandes villes qui s'extasient devant des œufs frais en s'étonnant qu'on ait l'ADSL. Parfois, j'avoue, je les envie : j'imagine leurs métiers, leurs appartements, leurs garde-robes, et tous les détails d'une existence qui me paraît plus conforme à celle qu'on mène dans les séries télévisées. Mais moi, je ne connais que la vie d'ici. Et cette vie-là, finalement, elle me va comme un jean.

J'arrive au collège comme si j'avais le monde à mes pieds — je suis en troisième, je ne crains personne. En plus, la matinée commence par un cours de maths, et j'adore les mathématiques : c'est carré, prévisible, ça ne parle pas pour ne rien dire, et ça ne déçoit jamais. Tout le contraire des êtres humains.

J'ai l'impression de planer, tellement je trouve le programme facile ; d'ailleurs je ne le cache pas, je lève la main d'un air las, comme si j'étais accablée d'en savoir autant. Et j'entends les petits soupirs agacés de quelques élèves derrière moi. J'en déduis qu'ils me jalousent, alors je hausse les épaules et je les écrase un peu plus, en résolvant l'équation. De temps en temps, je note quelques formules sur mes fiches (je fais des fiches pour tout). Et je souligne les théorèmes en vert ou en rouge, avec ma règle, parce que j'ai toujours mon matériel et que je ne supporte pas les cahiers mal tenus.

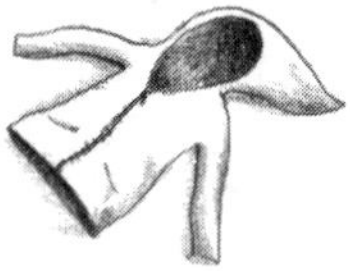

C'est pourquoi j'aime à la folie les doubles décimètres et, dans le même genre, les lingettes antibactériennes, les gants de crin, les agendas, les ongles bien polis, les livres neufs, les cheveux lissés, l'odeur de pressing et les lieux très rangés. J'aime quand tout est sous contrôle et que ça se voit.

La plupart du temps, ma voisine me demande timidement des explications. Je les lui donne, en articulant chaque syllabe comme si elle avait deux ans d'âge mental. En général, ça décourage les autres.

Je ne mendie l'aide de personne, je ne vois pas pourquoi j'offrirais la mienne.

Quand arrive la récréation, je vais dans un coin de la cour avec ma bande. Ou plutôt, je vais sur un coin de plate-bande avec ma cour. Ils sont une demi-douzaine à bourdonner autour de moi. Avec eux, j'ai l'impression d'être le capitaine d'une équipe de foot. Ils connaissent par cœur ma phrase préférée, je n'ai même plus besoin de la prononcer : « C'est moi la chef. »

J'ai toujours aimé commander. C'est une nature chez moi. Parfois, dans mes rares moments d'angoisse, il suffit que je donne un ordre pour me sentir apaisée.

*

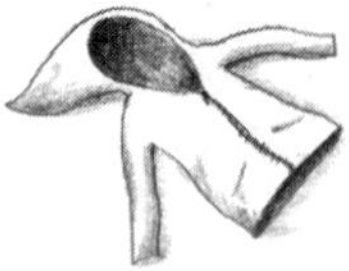

De loin, j'observe une autre bande, un petit groupe composé d'élèves de ma classe. Ils parlent, ils rient, ils se courent après. Ils ont l'air de bien s'amuser. Longtemps, j'ai cru qu'ils mouraient tous d'envie de rejoindre ma troupe. Mais la vérité, c'est qu'ils ne me regardent même pas.

J'aimerais pouvoir faire pareil. Mais c'est impossible : toute la journée, je les épie du coin de l'œil. Et je cherche à comprendre ce que c'est, l'amitié.

Je les appelle le Clan. Il est constitué d'un noyau très solide, composé de quatre membres : Jérémy, Raphaël, Léopoldine et Sarah. Je n'adresse presque jamais la parole à Jérémy : il me regarde avec des yeux de cocker et ça m'énerve. Mais je me force à lui sourire une ou deux fois par an, juste avant la grande fête qu'il organise au mois de juin — histoire d'être sûre qu'il n'oublie pas de m'inviter. Quant à Raphaël... Raphaël, c'est autre chose. J'aimerais bien le détester, et j'adorerais qu'il me haïsse. Mais Raphaël sait à peine que j'existe.

Léopoldine et Sarah, elles, je les connais depuis que j'ai huit ans. On allait au catéchisme ensemble, et j'ai passé la moitié de ma vie à les considérer comme les filles les plus insignifiantes de la terre. L'une vit dans une ferme, l'autre pleurniche sans arrêt ; je ne vois vraiment pas ce que les garçons leur trouvent. Sarah, à la limite, je veux bien comprendre, parce qu'elle est tellement gentille qu'on finit par s'accoutumer. En plus, elle passe pour une jolie fille (alors que franchement, entre nous, elle est à peine quelconque). Mais Léopoldine ! Un petit visage tout fade, un air de porter tous les malheurs du monde : cette fille a une tête de navet triste. Et quand elle est gaie, c'est pire : on dirait la fille de Blanche-Neige et du nain Simplet. Atroce.

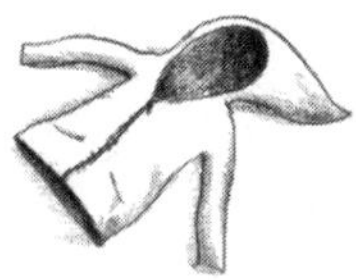

Un jour, quand on a eu neuf ans, je lui ai proposé de l'intégrer dans ma tribu. J'étais bien bonne, quand j'y pense. Je suis allée la voir et je lui ai dit :

– Plutôt que de traîner avec des pouilleux (des enfants de son village que je ne connaissais pas), tu peux venir dans ma bande de copines, si tu veux.

Elle m'a regardée comme si je lui avais donné une gifle. Et elle a dit… Elle a dit que ses amis n'étaient pas des pouilleux, et qu'elle préférait rester avec eux.

Et puis elle a ajouté une phrase terrible, d'une méchanceté incroyable : que même s'il ne devait rester que des poux sur cette terre, elle préférerait leur compagnie à la mienne. Oui, elle a dit tout cela, avec une petite voix tranchante, et sans bredouiller une seule fois (alors que d'habitude, il lui faut deux heures pour finir ses phrases). Je n'ai pas su quoi répondre. J'aurais bien voulu, ce jour-là, me jeter sur elle, et qu'on roule ensemble dans la boue, pour voir qui de nous deux était la plus forte. Mais ce genre de solution n'est pas autorisé aux petites filles bien élevées. Or j'étais une petite fille bien élevée. Avec une robe qu'il ne fallait pas salir, et des tresses décorées

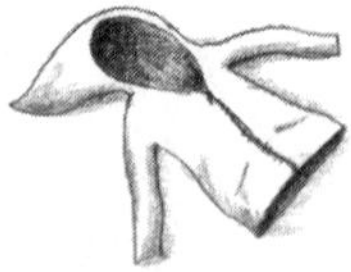

de jolies plumes roses. Léopoldine, elle, avait les cheveux en bataille et un vieux jean fatigué. En cas de bagarre, même si je la battais, j'avais plus à perdre qu'elle, à cause de ma robe et de mes plumes.

Alors je me suis forcée à sourire, malgré mon envie de mordre, et j'ai susurré :

– D'accord. De toute façon, ça m'est bien égal. Je voulais juste faire une bonne action, parce que c'est bientôt Noël.

Et j'ai pensé en moi-même : « C'est la guerre. »

Mais je n'ai jamais su faire la guerre à Léopoldine. Les années ont passé, nous n'étions pas dans les mêmes écoles primaires, nous ne nous sommes plus jamais parlé. Et puis un jour, à la rentrée en sixième, je l'ai retrouvée dans ma classe. Je me suis présentée contre elle aux élections des délégués. J'ai obtenu deux voix (la mienne et celle de Jérémy). Elle a été élue à la majorité. Je n'ai jamais compris pourquoi. Elle est inattaquable, cette fille : tout le monde l'aime. Cela fait partie à mes yeux des grandes énigmes de l'univers, au même titre que l'apparition de la vie sur terre ou la construction des pyramides.

Les seuls moments où j'ai l'impression de lui rendre la monnaie de sa pièce, c'est en cours de maths ou en sport. Alors là, oui, je m'amuse. Je l'observe pendant les contrôles, parce que je sais qu'elle est nulle. Ou je la prends dans mon équipe de hand-ball, pour le plaisir de lui lancer très fort la balle. Le plus souvent, elle se planque pour l'éviter, ce qui me permet de me moquer d'elle, en tant que capitaine.

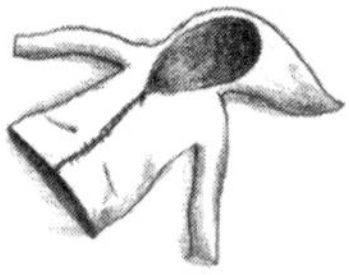

En français, c'est l'inverse. Je déteste le français, parce que les profs ne reconnaissent jamais mon talent, pourtant indiscutable. Ils doivent penser, avec leurs têtes de chouette, qu'être douée dans cette matière est incompatible avec un physique avantageux. La preuve, c'est qu'ils donnent toujours les meilleures notes à Léopoldine.

Mais je parle, je parle, et j'oublie de raconter ce qui s'est passé ce samedi matin-là, lorsque je suis arrivée au collège dans mon polo à capuche rouge, après le drôle de rêve de la grosse dame au manteau de plumes.

Chapitre 3

Il était 9 h 53, je venais de passer deux heures délicieuses à rêver sur les vecteurs, lorsque le professeur a annoncé d'une voix sépulcrale le contenu du prochain contrôle : deux chapitres entiers à réviser !

J'ai senti comme un spasme d'excitation, tandis qu'un frisson d'effroi parcourait la classe. C'est pour des moments comme celui-là que j'adore mon prof de maths. Son aptitude à se faire détester force l'admiration.

Je rangeais mes affaires avec enthousiasme, et sans cacher ma joie (ce qui m'a valu quelques regards de haine), lorsqu'un incident s'est produit : en repoussant la chaise de ma voisine pour sortir, j'ai reçu un choc. Une

petite décharge qui m'a fait sursauter, comme si quelqu'un d'invisible m'avait méchamment piquée d'une pichenette. Je n'ai pas pu m'empêcher de penser à la grosse dame aux plumes de mon rêve, mais j'ai balayé cette vision d'un geste.

En représailles, j'ai donné un léger coup de pied dans la chaise, tout en allongeant les manches de mon polo pour en sentir la douceur sur mes doigts. La maille s'est étirée avec un bruit suave, et j'ai senti ma peau frissonner en dessous.

Il m'a semblé soudain que la décharge était venue du pull.

J'ai passé lentement ma main sur la laine moelleuse. J'avais l'impression de caresser un drôle d'animal.

– Je n'ai pas peur de toi, ai-je murmuré.

Je suis sortie à grands pas, en cherchant l'air. J'ai fui ma petite bande habituelle. À ce moment, je suis tombée sur Léopoldine et Sarah, qui faisaient triste mine.

– On n'a qu'à réviser ensemble, disait Léopoldine. C'est quand même pas un contrôle de maths qui va nous abattre…

– Tu parles, gémissait Sarah accroupie dans le couloir, tout en tordant son écharpe.

Je devais vraiment être possédée par un esprit parce que, sans réfléchir une seule seconde, avec la plus grande spontanéité du monde… j'ai proposé de les aider.

Sarah m'a regardée comme si je l'avais sauvée.

« Mais qu'est-ce qui me prend ? » j'ai pensé.

J'ai instinctivement secoué les épaules et j'allais retirer ma proposition lorsque j'ai senti le pull, de nouveau, serrer onctueusement mes bras.

– Alors c'est d'accord ? disait Sarah tandis que Léopoldine secouait la tête d'un air de doute. On se retrouve chez moi cet après-midi ? Ma ferme, c'est celle au coin du chemin de Saint-Thaurin. Avec les tulipes à l'entrée.

Léopoldine continuait de faire non de la tête, et moi j'ai fait oui.

Elles sont parties. Je suis restée seule dans le couloir désert. Il était midi et le soleil brillait, c'était une belle journée d'automne, on sentait à peine la fraîcheur de l'air.

En ramassant mon sac, j'ai vu luire sur le sol un objet métallique. Je me suis penchée. C'était un petit coupe-ongles.

D'habitude, ces objets me répugnent lorsqu'ils appartiennent à d'autres, mais celui-là semblait neuf, et son acier avait un éclat d'argent. Je l'ai pris, je l'ai glissé dans la poche de mon jean, et j'ai quitté le collège.

J'aime bien mettre des choses dans mes poches. Avant, je veux dire, avant de devenir la superbe créature que

je suis, je prenais de la nourriture dans les placards, et je la mettais dans ma bouche. Ça me calmait, je crois. Mais ce temps-là est révolu. Désormais je suis toujours calme.

Chapitre 4

Je suis rentrée à pied chez moi. La maison était silencieuse.

– Je suis là ! j'ai crié.

Je n'ai pas attendu de réponse. Je me suis fait un sandwich, j'ai laissé un mot pour dire où j'allais et je suis repartie presque aussitôt, parce que j'avais encore du chemin.

Il fallait traverser tout le village, deux grands champs et un petit bois pour atteindre la ferme de Sarah. Mais le temps était agréable, le soleil brillait sur la terre brune des champs (on était en novembre, le blé n'était pas encore sorti) et, avec ma capuche sur la tête, je me sentais exceptionnellement joyeuse.

*

La ferme de Sarah était bien plus jolie que je ne l'imaginais. Je m'attendais à des ornières de boue, une vieille bâtisse décrépite, et des poules malades de la grippe aviaire dans tous les coins. Mais je me trompais : les poules étaient parquées dans un enclos, le chemin tapissé de cailloux blancs, et d'immenses vieux arbres aux feuilles dorées encadraient une maison très convenable. J'essayais de m'assurer à vue de nez qu'elle n'était pas plus grande que la mienne, lorsqu'un énorme chien poilu a bondi hors de sa niche.

Je n'aime pas les chiens. Ils ont très vite une familiarité que je trouve répugnante. Je voyais venir celui-là, avec sa bave et ses grosses pattes, alors j'ai pris un caillou. Je l'ai jeté au loin et j'ai crié :

– Va chercher !

Le chien m'a fait un sourire niais et s'est rué sur le caillou. Il revenait en trottant, la mine enjouée, lorsque j'ai brandi un deuxième caillou et l'ai jeté sur lui de toutes mes forces.

Il a gémi. Il m'a regardée d'un air éperdu, comme si je venais de trahir une amitié de longue date. Et pire, il s'est mis à ramper dans ma direction, en une servile supplication.

J'étais si dégoûtée que je l'ai menacé d'une nouvelle pierre. Il a fini par aller se cacher dans sa niche. J'ai glissé le caillou dans ma poche. Avec le coupe-ongles.

Le caillou casse les ciseaux. Les ciseaux coupent le papier. Le caillou tombe dans le puits.

Quand j'ai ouvert la porte, un homme annonçait d'une voix métallique : « Alerte Météo France dans le Grand Ouest. Une vaste dépression… » J'ai secoué les épaules, un frisson s'est glissé sous mon imperméable. Sous le polo, ma peau semblait de nouveau avoir froid.

En face de moi, une femme ouvrait un four fumant. Elle semblait affairée et charmante — mais moins belle que ma mère.

Elle m'a souri, d'un sourire qui faisait chaud au cœur. J'ai pensé que ma mère n'avait pas souri comme cela depuis longtemps, et j'ai chassé l'idée aussitôt.

– Tu es Méthilde, n'est-ce pas ? Elles sont dans la chambre de Sarah. Au premier étage, la porte au fond du couloir. Bon courage pour les révisions…

J'ai remercié et grimpé les escaliers, puis longé le couloir. Et avant d'entrer dans la chambre, j'ai entendu Léopoldine protester :

– Mais je te jure, elle a lancé une pierre sur ton chien, je l'ai vue ! Cette fille, c'est une psychopathe !

– Léo, elle jouait avec lui ! Relax, hein ? Tu ne vas pas commencer à faire ton grumeau…

J'ai poussé la porte à ce moment. J'ai embrassé Sarah, j'ai salué Léopoldine. Quand ses yeux ont croisé les miens, c'était deux stalactites dans une grotte sombre sur le point de me tomber dessus.

Je n'ai pas pu m'empêcher de sourire. J'aime bien qu'on ne m'aime pas, en général. Mais venant d'elle, cela me faisait particulièrement plaisir.

On a commencé les révisions dans une ambiance lourde. Léopoldine alignait des équations d'un air renfrogné, tandis que Sarah, qui ne comprenait rien aux exercices, tirait nerveusement sur les boucles de ses cheveux.

Au début, j'ai savouré ma revanche. Parce qu'elles étaient là, toutes les deux, ignorantes et désemparées, et complètement suspendues à mes lèvres.

Je leur disais : « Tracez un trait », elles traçaient un trait.

Je leur disais : « Prenons l'exercice de la page 56 », elles allaient immédiatement au chapitre choisi. Elles étaient tellement nulles que j'aurais pu leur déclarer : « deux et deux font cinq », je crois bien qu'elles m'auraient crue. Mais bizarrement, l'idée ne m'est même pas venue. Plus étrange encore, j'étais contente quand elles trouvaient la réponse juste.

Le soleil doucement glissait dans le ciel, les ombres s'allongeaient sur le plancher de la chambre, et j'avais l'impression qu'entre elles et moi d'invisibles liens se tissaient, comme une toile d'araignée entre deux brins d'herbe.

Elles avaient besoin de moi. Et moi, tout au fond de moi, dans le recoin le plus secret et le plus sombre, j'avais besoin qu'on ait besoin de moi.

Au bout de deux heures de travail, on s'est regardées toutes les trois. Il me semblait qu'on avait marché longtemps dans une froide forêt touffue, et qu'on venait seulement de retrouver l'air libre.

– Je crois que j'ai compris, a déclaré Sarah.

Elle a fermé son cahier et m'a souri.

Léopoldine a acquiescé en silence.

On a quitté le bureau autour duquel on était assises, et on s'est dispersées dans la chambre. Sarah est allée mettre un CD sur sa vieille chaîne hi-fi du XXe siècle. Léopoldine s'est allongée sur le tapis, en feuilletant nonchalamment un énorme livre qu'elle avait sorti de la bibliothèque (*La Guerre et la Paix* de Tolstoï, deux mille pages minimum : j'étais sûre qu'elle l'avait choisi pour crâner). Et moi je me suis affalée sur le lit de Sarah.

Ce lit était jonché de peluches. Je les observais avec un dégoût jaloux parce que je devinais qu'elles avaient toutes été offertes à Sarah par des amoureux lors de soirées à la fête foraine. Qu'elle ait eu l'idée d'exposer sur son lit ces horreurs en fausse fourrure, gagnées après trois tirs au fusil sur des canards en plastique, c'était consternant. Et en même temps, je crevais d'envie d'en posséder une à moi.

Sarah chantait les paroles en allemand de son groupe préféré, Léopoldine avait le nez plongé dans son roman. J'ai senti ma main agripper un petit agneau en peau de mouton. Je l'ai glissé doucement sous mon pull.

Mais à peine a-t-il effleuré ma peau que j'ai reçu une décharge électrique, encore. Elle a claqué sur mes doigts et tiraillé tout mon bras, jusqu'à mon épaule. Au même instant, il m'a semblé revoir le sourire méchant de la grosse dame rouge de mon rêve.

J'ai lâché l'agneau. Il est tombé à mes pieds.

Sarah et Léopoldine ont tourné la tête vers moi.

– Ça ne va pas ? a demandé Sarah d'un air inquiet. Tu es toute pâle !

Léopoldine n'a rien dit, elle a juste ramassé la peluche et l'a remise avec les autres. J'ai eu l'impression qu'elle m'avait percée à jour.

– J'ai… j'ai peur des moutons, j'ai dit.

Et j'ai regardé Léopoldine d'un air de défi. « Vas-y, dis-le que je mens, ai-je pensé. Dis-le que je suis une voleuse. »

Mais Léopoldine est restée muette. Elle semblait juste étonnée, peut-être même triste. Très vite elle a détourné ses yeux des miens, comme on écarte un glaive d'une gorge. J'ai eu l'impression d'être un gladiateur tombé dans l'arène, à qui on fait grâce par pitié.

Chapitre 5

Je hais la pitié. C'est comme une insulte, et pire qu'une insulte : ça vous crée une dette. On vous rapetisse avec un regard, on vous humilie avec un sourire, et en plus il faut dire merci. Le piège parfait.

J'ai pensé aux loups pris dans les mâchoires de fer, qui se rongent la patte pour se libérer. Alors j'ai décidé, moi aussi, de me trancher la patte d'un coup de dents : j'allais tout avouer, ma tentative de vol et mon envie croissante de déchiqueter toutes ces peluches pourries. Mais au moment où j'ouvrais la bouche, Léopoldine a froncé les sourcils pour me faire taire. Et elle a demandé

à Sarah, en désignant avec une nonchalance un peu forcée les boules de poils sur le lit :

– Tu avais dit que tu les jetterais.

Sarah a haussé les épaules.

– J'ai changé d'avis. On ne jette pas des souvenirs. Tiens, le panda, là, il me rappelle Arthur, et la grenouille, ici, c'est Dylan qui me l'a donnée le soir où on est sortis ensemble, et le drôle de singe dans le coin, c'est…

J'avais mal au cœur de tout ce déballage. Je sentais la jalousie m'aiguiser les lèvres et la langue, et mes mots devenir pointus et tranchants.

– Et toi, Léopoldine, ai-je coupé en ricanant, racontenous donc tes trophées…

Elle est devenue rouge vif, et son menton s'est mis à trembler comme ceux des très vieilles dames. Je m'attendais à ce qu'elle réplique, parce que je savais qu'elle avait, hélas, au moins un garçon exceptionnel à son tableau de chasse. Mais elle s'est tue, et une fois de plus elle a détourné la tête. Je ne voyais que son profil, où son œil mi-clos semblait couver des flammes.

– Toi, parle-nous de toi, a dit alors Sarah.

Elle a plongé son regard dans le mien. Dans ses yeux, il n'y avait que clarté, calme et bienveillance : c'était comme regarder la mer par temps clair, ou les nuages blancs dans le ciel. J'ai senti un grand vide, une sorte de puits sans fin où s'écoulaient ma colère, mon envie, mon intelligence, et tout le reste de ma personnalité.

– Je n'ai jamais embrassé personne, ai-je articulé.

Léopoldine a lâché son livre et m'a regardée d'un air effaré.

– Comment ça, personne ? a demandé Sarah.

Je venais de dévoiler l'un de mes recoins les plus cachés. Cela me rendait vulnérable. Mais, bizarrement, je me sentais plus libre. Alors bravement j'ai fait face, comme un loup devant des chasseurs.

– Personne, j'ai répété.

Qu'elles se moquent de moi, si elles l'osent.

Il y a eu un silence.

– Mais…, a bredouillé Léopoldine. À la rentrée, tu as dit… Cet été, pendant ta semaine à Berlin… le cousin de ta correspondante…

– J'ai menti.

– Et l'Américain que tu avais rencontré à Paris, en 5e, pendant les vacances de Pâques ?

– Du pipeau.

– Et ce copain de maternelle que tu as retrouvé sur Internet ?

– Il n'existe pas.

J'éprouvais un curieux soulagement, une sorte de joie tiède et inattendue. Peut-être était-ce mon pull, ou le fait de sentir sur moi leur attention tout entière. Peut-être

aussi que les aveux ont toujours cette douceur. Parfois on croit qu'inventer sa vie sera plus simple. On se forge une cuirasse, elle rouille avec le temps, et ensuite on ne sait plus comment marcher.

– Mais comment ça se fait ? a demandé Sarah.

C'était effectivement la vraie question à se poser, et j'avais une réponse toute prête :

– Jusqu'à douze ans, j'étais moche, vous vous souvenez. Mais ensuite, j'ai porté des soutiens-gorge et on m'a ôté mon appareil dentaire…

– Ah oui ? a dit Sarah. C'est drôle. D'habitude, un homme change la vie d'une femme en lui offrant une bague. Mais toi, c'est quand ton dentiste t'a enlevé les tiennes…

– Parfaitement, j'ai répondu. Et alors je suis devenue belle, voire… oui, c'est ça, belle, et les garçons ont dû prendre peur.

Léopoldine a levé les yeux au ciel sans mot dire. Puis elle m'a regardée d'un air perplexe.

– Et Jérémy ? Tu n'es jamais sortie avec Jérémy ?

– Peuh… Jérémy ? Le petit Jérémy ? Jamais ! Il ne me l'a pas demandé d'ailleurs. J'aurais dit non, forcément.

Un silence.

– Moi, il me l'a demandé, a dit doucement Sarah. Et j'ai dit oui.

Je ne sais pas pourquoi, j'ai senti mon ventre se nouer à ces mots.

– Quoi ? s'est exclamée Léopoldine.

Il y avait un reproche dans sa voix (parce qu'elles sont juste censées être amies avec Jérémy) et j'aurais bien crié, moi aussi, toute ma réprobation : quand même, quelle honte ! Avec Jérémy ! Elle !

Je l'aurais mordue, pour tout avouer.

Et pourquoi il ne me l'avait jamais demandé, à moi ? Pourquoi il ne m'avait pas permis de dire non ?

– Je ne t'ai rien dit, expliquait Sarah à Léopoldine, parce que c'était cet été. On était tous les deux seuls au village. On s'est vus, c'était cool, voilà. Et puis, il est mignon, Jérémy, et en plus il embrasse bien. Ça ne change rien au fait qu'on est amis, c'est tout.

Tandis qu'elle parlait, ma colère s'est effilochée peu à peu, et soudain je me suis sentie triste. Par un phénomène bizarre, j'éprouvais un immense découragement, une sorte de doute affreux et intolérable. Il me semblait qu'une porte s'ouvrait sur la nuit, et que toute mon existence aurait cet air de solitude et d'abandon. « Oh, mon Dieu, et si je n'étais pas aimable ? »

Au fond de ma poche, j'ai senti la dureté du caillou et le piquant du coupe-ongles. Cela m'a redonné courage. Comme toujours, j'ai eu recours aux chiffres, parce qu'eux ne trahissaient jamais : je me suis souvenue que la moyenne officielle du premier baiser en France était de quatorze ans. Or je n'avais même pas quatorze ans. Nous étions en effet le 21 novembre, et je suis née dans la

nuit du 22 au 23 novembre, à minuit et une minute, après que ma mère eut déployé des efforts héroïques pour se retenir afin que je ne naisse pas sous le signe du Scorpion. (Car celui-ci est réputé, selon une amie de ma mère très versée dans les sciences astrologiques, pour avoir un caractère difficile, auquel j'ai fort heureusement échappé.)

D'un point de vue statistique, j'étais donc tout à fait dans les temps. Qu'importaient tous les Jérémy du monde : il n'y avait aucune raison pour que je m'inquiète pour ma vie. Aucune raison.

J'ai soupiré profondément, et j'ai demandé :

– Euh… Comment on fait ?

Chapitre 6

– Comment on fait quoi ? a demandé Sarah.

Ses pommettes avaient soudain pris une teinte semblable à celle de mon polo. Cela m'a agacée, cette manie qu'elle avait de rougir pour un rien, parce qu'il me semblait que c'était contagieux.

À ce moment, le plancher du couloir a craqué.

– Qu'est-ce que c'est ? j'ai demandé en sursautant.

– Peut-être mon chien, a murmuré Sarah.

– Aucun risque, a riposté Léopoldine. Il doit lui manquer une patte, désormais.

Sarah s'est levée doucement et s'est dirigée vers la porte à petits pas. Elle l'a poussée d'un geste brusque. Mais le couloir était vide. On a toutes soupiré.

– Eh bien, euh, je ne sais pas, moi, a repris Sarah en s'asseyant sur son lit. On fait comme on sent…

« Et si on ne sent rien ? » ai-je eu envie de demander. J'avais l'impression qu'elle me parlait dans une langue inconnue, avec des mots confus qui ressemblaient à des forêts. Mais j'ai caché mes doutes, et j'ai reposé ma question.

– Je t'assure, je ne sais pas, a protesté Sarah. J'ai des amoureux depuis la maternelle, alors tout est venu petit à petit. Léopoldine pourrait mieux t'en parler, parce que c'est plus récent pour elle.

Léopoldine sortait avec Raphaël depuis juin dernier. Eux deux, c'était plus qu'une simple addition, c'était un théorème : on ne les imaginait pas l'un sans l'autre. Même maintenant, les savoir ensemble me donnait la nausée. Peut-être parce que le soir où ils s'étaient embrassés, à la dernière fête de Jérémy, je m'étais saoulée pour la première fois de ma vie, et j'avais été malade. Depuis, la jalousie avait gardé pour moi le goût amer et déchiré du vomi.

Mais au lieu d'acquiescer, Léopoldine s'est raidie. Ses yeux lançaient de tels éclairs que j'ai cru y voir pointer deux petites larmes.

Sarah a haussé les sourcils devant sa réaction, et elle a poursuivi :

– En tout cas, une chose est sûre : le moment M, tu le vois arriver à grands pas. Enfin, je veux dire, c'est évident. Tu ne te poses plus de questions.

– Mais quand même, m'entêtais-je en claquant des dents (car je ne sais pourquoi, un froid nerveux m'avait saisie et j'étais secouée de tremblements), il doit bien y avoir des données objectives dans cette histoire. Par exemple, si tu devais faire un rapport scientifique sur le baiser humain pour des êtres d'une autre planète... Tiens, imagine que je sois une extraterrestre...

– Ça, ça ne devrait pas être trop difficile, a murmuré Léopoldine.

J'ai senti pourtant que le cœur n'y était pas, comme si cette conversation lui faisait de la peine. J'ai eu l'impression, à ce moment, d'être très proche d'elle : moi aussi, ce sujet me plongeait dans la mélancolie. C'était comme tenter de saisir de beaux fantômes phosphorescents, ou chercher à percer le mystère fascinant des méduses. Toute mon entreprise m'a semblé illusoire, et même vaguement pathétique. Mais à l'idée que Léopoldine, encore une fois, avait pitié de moi, j'ai eu un sursaut de colère : si la discussion ne lui plaisait pas, elle n'avait qu'à s'en aller.

Pour me donner contenance, j'ai sorti mon paquet de fiches bristol. J'ai commencé à en découper une.

– Et l'angle d'inclinaison des deux têtes l'une par rapport à l'autre, j'ai demandé tout en dessinant un petit schéma sur le bristol, c'est genre 30° ? 45° ?

– Mais... Mais tu n'es tout de même pas en train de faire une fiche sur la façon dont on embrasse ? s'est écriée Léopoldine.

Elle avait l'air, soudain, de sortir de ses pensées déprimantes. Mais si c'était pour poser des questions pareilles, j'aurais préféré qu'elle y reste.

Je n'ai rien répondu, j'ai juste continué à interroger Sarah (en frissonnant toujours) :

– Et le diamètre d'ouverture de la bouche, tu dirais quoi, trois centimètres ? Et la vitesse de rotation de la langue ? Un tour par seconde ? Un tour toutes les deux secondes ?

J'ai noté soigneusement ses réponses :

a) ça dépend de la longueur des nez...

b) les bouches s'ajustent automatiquement...

c) vitesse variable selon circonstances, mais un tour en deux secondes paraît un bon début.

Ensuite j'ai rangé la minifiche dans la poche de mon jean, près du caillou du chien et du coupe-ongles.

J'avais des phrases en tête qui revenaient comme une comptine — cela m'arrive en cas de stress : « *Le papier bouche le puits. Les ciseaux coupent le papier. Le caillou casse les ciseaux. Les ciseaux tombent dans le puits.* »

Nous nous sommes alors regardées toutes les trois. Et chacune de nous a détourné les yeux.

Chapitre 7

Un ange est passé, puis deux, puis trois. Jusqu'à ce qu'une voix venue d'en bas souffle nos bulles silencieuses :

– Les filles, le goûter est servi !

On s'est levées d'un seul élan, presque avec hâte. On a pris les escaliers l'une après l'autre, en faisant semblant de parler. Mais en vérité on ne se disait rien, nos phrases étaient vides. Et là, au milieu de ces mots creux, tandis que les marches grinçaient sous nos pieds, Léopoldine a murmuré :

– Raphaël et moi, on ne sort plus ensemble.

Selon la règle tacite des discussions entre filles, aucune réponse n'était possible : on arrivait à la cuisine, en

territoire ennemi, tout commentaire aurait été une trahison. Alors on a enterré sans rien dire six longs mois de serments d'amour.

Moi j'avoue que cela m'a donné faim.

Sur la table de la cuisine, un bol fumait. Et devant le bol, entre une assiette de brioche et un pot de confiture, se tenait un jeune homme.

– J'arrive, deux minutes ! disait-il à son portable.

Il s'est levé au moment où j'entrais. Il a pris son casque de moto posé à ses pieds, il a crié :

– J'y vais, m'man.

Et juste avant de quitter la pièce, il nous a saluées d'une œillade où j'ai cru voir un attrait amusé.

Soudain je n'ai plus eu d'appétit.

Il était grand, oui, vraiment grand. Et il avait des cheveux en bataille (artistement travaillés au gel), au-dessus d'un blouson dont le col en fausse fourrure dressait deux oreilles duveteuses de part et d'autre de son visage. Pour le reste, je n'étais sûre de rien : une mâchoire de loup, des yeux d'alpaga, et sur les lèvres une moquerie vague — c'est tout ce que j'avais aperçu.

– Ton frère ne reste pas avec nous ? a chuchoté Léopoldine.

Lui, le frère de Sarah ! J'aurais plutôt imaginé une sorte d'échalas blême à l'image de sa sœur (et je dis cela avec beaucoup d'affection, puisque Sarah est ma nouvelle meilleure amie)… Mais là, lui… Lui, c'était un miracle, un cadeau de la destinée, un être idéal spécialement mis au monde à mon intention.

– Tu connais Djibril, a répondu Sarah.

Djibril, il s'appelait Djibril !

– C'est original, comme prénom, j'ai dit en prenant un air détaché.

– Oui, c'est un nom d'ange, a ricané Léopoldine.

Aussitôt j'ai cru sentir des ailes me pousser dans le dos. Je n'étais plus tout à fait la même : j'avais envie de croire aux contes de fées.

– C'est le prénom Gabriel en arabe, m'expliquait Sarah tandis qu'elle versait du lait bouillant dans les bols. C'est sa mère, enfin sa mère biologique, qui l'a appelé ainsi. Je crois que c'était une façon de lui dire qu'elle l'aimait même si elle ne pouvait pas le garder.

– Euh, mais comment ça ? ai-je demandé en redescendant sur terre. Pourquoi ta mère ne pouvait pas le garder ?

– Pas ma mère. Sa mère. Quand mes parents ont adopté Djibril, il avait deux ans.

– Ah, j'ai dit.

Forcément, et pour son salut, il ne ressemblait pas à Sarah.

– Alors ce n'est pas vraiment ton frère ? j'ai demandé en toute logique.

– Bien sûr que si, c'est mon frère ! a répliqué Sarah.

Pour la première fois depuis que je la connaissais, elle avait l'air courroucé.

– L'amour, ce n'est pas une question de génétique.

Elle me parlait d'une voix vibrante mais veloutée, comme si je souffrais de quelque déficience. J'aurais dû m'en offusquer, mais je n'y parvenais pas. Je me sentais juste très mal à l'aise, étouffant de chaleur dans mon pull en cachemire. J'avais l'impression d'avoir fait une gaffe, du genre écraser un chaton ou casser un vieux vase d'arrière-grand-mère.

Il fallait bien que je l'admette : en matière de sentiments, la logique n'était peut-être pas d'un grand secours. C'était comme essayer d'atteler des papillons à une charrue.

Chapitre 8

Le volet de la fenêtre a claqué contre le mur. Dehors, les grands arbres grondaient sous le vent. De lourds nuages sombres passaient au ras de l'horizon, là où le soleil se couchait dans un dernier éclat.

La mère de Sarah est entrée brusquement. Un tourbillon de feuilles mortes s'est enroulé à ses pieds.

– J'ai besoin de vous, a-t-elle dit. Il faut rentrer les brebis dans la bergerie, la tempête vient droit sur nous.

J'ai imaginé les moutons sous la pluie, pataugeant dans la fange du pré. Puis j'ai regardé mes superbes bottines en cuir crème. J'ai déclaré :

– Je suis désolée, madame, il est temps que j'y aille. La nuit tombe et mes parents vont s'inquiéter.

L'une des choses les plus déplaisantes, quand on vit à la campagne, c'est qu'on a très vite de la boue plein les chaussures. Mais la boue, Sarah s'en moquait complètement : elle a enfilé un blouson en toute hâte, chaussé ses bottes, et claqué la porte derrière elle.

Léopoldine a mis son manteau pour la suivre, avec une lenteur accablée. Et là, à ma grande consternation, elle a fondu en larmes. « Eh, j'ai eu envie de protester, il ne faut pas pleurer ! En tout cas pas devant moi, hein, parce que je ne suis pas qualifiée. » Elle sanglotait à gros hoquets, ses larmes se mêlaient à sa morve, c'était répugnant.

J'ai ouvert la bouche pour lui dire quelque chose, mais les mots se sont éteints. Je me suis approchée. Approchée. Approchée. Et quand elle s'est tournée vers moi, j'ai ouvert les bras pour qu'elle s'y loge.

Cela faisait des années que je n'avais pas été si près de quelqu'un. Le dernier câlin que j'avais fait, c'était à ma mère, il y a très longtemps.

Depuis, je détestais sentir des bras autour de moi. Parce que c'était si doux que je craignais de m'y engloutir et de disparaître à jamais. Je n'aimais pas être consolée, et je ne voulais pas consoler non plus : j'avais peur que l'on me repousse comme je repoussais les autres.

Mais Léopoldine ne me rejetait pas. Elle se tenait juste là, inclinée contre moi, toute raide et frémissante. Elle était comme ces biches que l'on croise la nuit dans les phares des voitures, sur les routes forestières. Au bout d'un moment, elle s'est calmée. Quand elle a levé son front, il était lisse et clair. On aurait dit qu'elle venait de se laver le cœur.

– Excuse-moi, a-t-elle dit. Merci.

Je me suis raclé la gorge et j'ai répondu :

– De rien.

De rien ! Preuve que je n'étais pas dans mon état normal, parce que d'habitude j'aurais répliqué « Je t'en prie », qui est la formule correcte et appropriée quand on a de l'éducation.

– Tu es un ange, a-t-elle ajouté.

Et j'ai rougi parce qu'une voix, au fond de moi, criait que ce n'était pas vrai. (Je ne sais pas pourquoi, j'ai quelqu'un parfois à l'intérieur, un autre qui juge mes moindres gestes et qui noircit tout.)

Elle m'a souri, et elle est partie. J'ai compris qu'elle et moi venions de faire la paix. Cela m'a fait drôle.

Je suis restée seule dans la cuisine, devant le lait encore fumant. Des grumeaux de poudre de chocolat flottaient à la surface. Quand je les faisais éclater d'un coup de cuillère, le lait prenait la couleur du ciel à l'horizon : une sorte de clarté embrumée, pleine de sourdes menaces.

« Il faut que j'y aille », j'ai pensé.

Je me suis levée, et à ce moment la mère de Sarah est apparue. Elle a dit :

– Où est Djibril ? Il n'est quand même pas parti par ce temps ! Ah, Méthilde, ça va aller pour rentrer ?

Elle a regardé par la fenêtre, comme si elle pouvait lire dans les nuages ce qu'il adviendrait de moi. Elle a fait oui de la tête, en poursuivant :

– Si tu pars tout de suite, tu devrais échapper à la pluie.

Puis elle a réfléchi.

– Tu passes par le chemin du bois ? Ce serait formidable si tu pouvais porter ce panier à une de mes amies… Elle habite à deux pas, elle vit seule, elle est malade, bref, cela lui ferait très plaisir. Et c'est juste sur ta route ; s'il pleut trop, tu pourras t'abriter.

Je n'en revenais pas. Avec tous les efforts que je déployais pour ne pas rendre service à ma propre famille, je n'allais quand même pas faire des courses pour une ermite !

– Bien sûr, madame, j'ai répondu.

Elle m'a tendu le panier en osier dans lequel reposaient une boîte enveloppée d'un torchon, un pot de confiture, et quelques œufs étalés sur de la paille. Je l'ai posé par terre, dans l'entrée, dès qu'elle a eu le dos tourné. Puis j'ai décroché mon imperméable du portemanteau.

Et là, un éclair rouge. Suivi du noir total. Je me suis retournée en criant, aveuglée par ma capuche. Quelqu'un l'avait rabattue sur mes yeux : j'ai presque immédiatement deviné qui c'était.

Il était là, devant moi, les bras croisés, l'épaule appuyée contre le mur du couloir. Il me regardait d'un air goguenard. Son sourire en coin était comme un hameçon : j'ai senti que j'étais ferrée.

– Tiens, un Petit Chaperon rouge, a-t-il dit.

J'ai fait semblant de m'en aller. J'ai commencé, lentement, à enfiler mon imper. J'avais le cœur qui battait un peu fort, mais j'essayais de me rappeler que ce polo rouge m'allait vraiment bien — et je ne doutais pas qu'il l'avait remarqué.

– Inespérée, votre conversation de tout à l'heure, a-t-il ajouté. Et la fiche, une idée brillante.

« Quel sournois, j'ai pensé. Il écoutait à la porte. Le craquement sur le plancher, c'était lui ! »

Mais j'ai riposté :

– Oui, c'est pratique : on peut réviser à toute heure et en tout lieu.

Il s'est approché.

– Ah oui ?

Et j'ai compris, avec une appréhension impatiente, que les révisions allaient être agréables.

*

Son visage était tout près du mien. Je découvrais ses pupilles, que j'avais cru très sombres, et qui étaient en réalité d'un velours mordoré, avec un cercle bleu marine autour de l'iris.

Il me semblait qu'enfin j'avais résolu le mystère inquiétant des yeux des autres, cette lueur indéchiffrable qui dormait dans chaque regard, et qui m'avait si souvent paru hostile. Vue de très près, dans les yeux de Djibril, elle était douce et radieuse, et sa clarté n'en finissait pas de me remplir de joie. Et sa bouche, aussi, avait l'air d'un beau fruit mûr, dont la saveur inconnue me faisait très envie. Au moment où je… où il… (Oh, comme cela aurait été bien, comme j'aurais volontiers jeté ma fiche !)… Mais au moment où nos lèvres allaient se rejoindre, il a sursauté.

Il a reculé d'un pas. Ses yeux n'étaient plus mordorés, mais d'un vert étincelant.

– C'était toi, a-t-il bredouillé. La fille avec des plumes. Je te reconnais, maintenant…

– Qu… Quoi ?

– C'est toi qui nous as traités de pouilleux, un jour, il y a cinq ans.

Sa bouche n'était plus un fruit, mais un carquois d'où jaillissaient des flèches.

– Mais… Mais non, je… Je n'ai jamais dit ça…

À mon tour, je balbutiais. Je venais de me souvenir : un jour, quand j'avais neuf ans, la discussion avec Léopoldine, son jean sale et mes tresses aux plumes roses…

– Je t'ai entendue, poursuivait-il. Tu l'as dit à Léopoldine pour qu'elle nous laisse, Sarah et moi. Je m'en souviens comme si c'était hier… Après cela, j'ai passé une semaine à vouloir m'arracher la peau sous la douche… Je me frottais au gant de crin. J'ai cru que tu disais cela à cause de moi. J'ai cru que tu me croyais sale parce que j'étais moins blanc que les autres.

J'étais abasourdie. Sa peau, sa peau qui m'appelait — mais comment aurais-je pu jamais dire quoi que ce soit contre sa peau ? J'avais dit ces mots, c'est vrai, mais quelle importance ? Je veux dire : cela n'avait pas de sens pour moi, je parlais de gens que je ne connaissais pas, c'était donc comme s'ils n'existaient pas. Or on ne peut pas insulter des gens si l'on croit qu'ils n'existent pas… hein ?

J'avais beau m'expliquer, il ne s'apaisait pas. Au contraire. Il se tenait devant moi, comme un juge, et je voyais grandir sur son visage l'ombre de ce que je crains le plus au monde : le mépris.

Alors j'ai lancé :

– D'abord je l'avais même pas vu, à l'époque, que ton bronzage était permanent !

Il est resté interloqué. Puis il m'a dit :

– Je ne sais pas… Je n'arrive pas à savoir… si tu es méchante. Ou juste bête.

Et dans le doute, il m'a laissée.

Chapitre 9

Quand il a claqué la porte, je me suis adossée contre le mur. J'ai senti mes jambes fléchir et, pour me relever, je me suis appuyée sur l'anse du panier que j'avais posé là. Alors, mécaniquement, sans même sentir le poids du fardeau contre mes jambes, j'ai pris le panier en sortant.

Le chien était sur le seuil. À peine m'a-t-il vue qu'il s'est glissé dans sa niche, non sans m'avoir lancé un regard lourd.

« Ils sont rancuniers dans cette famille ! » j'ai pensé.

Dehors, il faisait presque nuit. J'ai marché jusqu'au portail et là, je me suis arrêtée, pour contempler devant

moi l'horizon assombri. Un mince ruban d'un vert délavé s'étirait juste au-dessus des champs : voilà tout ce qu'il restait du soleil. C'était un crépuscule triste, avec des nuages bas qui semblaient éponger la terre.

J'ai pris un petit sentier vers la droite, qui coupait à travers champs. Dans le village on l'appelait le chemin du Bout-du-Vent, parce qu'il était balayé par tous les souffles de la plaine. De jour, c'est le trajet le plus rapide pour rentrer chez moi. Mais là, dans cette brume sombre et tourbillonnante, j'avais l'impression de traverser un océan.

Des bourrasques froides rabattaient ma capuche, je serrais le panier contre moi comme si j'étais une naufragée. Il me semblait que j'étais vouée à errer sur ces étendues interminables jusqu'à la fin des temps.

Je me suis aperçue qu'il faisait nuit, soudain. Je crois que c'est à ce moment que j'ai commencé à avoir peur. Mais comme je n'ai pas l'habitude, je ne l'ai pas reconnue.

Une pluie fine s'est mise à tomber sur la terre du chemin. Chacun de mes pas dans la boue produisait un bruit détestable. *Smack*, *smack*. Je ne sais pas pourquoi, je me suis demandé combien de garçons Sarah avait embrassés dans sa vie. Beaucoup, sans doute. Je l'ai enviée.

J'ai repensé aux dernières minutes avant que je ne quitte la ferme : il s'était approché, il m'avait repoussée.

Malgré le vent froid, j'ai senti de la chaleur sur mes joues. Grand Dieu, quelle mémoire il avait ! Il était quand même sacrément susceptible… « Pouilleux »… Où étais-je allée chercher un mot pareil ? Qui disait encore « pouilleux » de nos jours ? Je revoyais son expression, la flamme de mépris dans ses yeux. Je ne me sentais pas très bien.

« Quand même, c'est un peu dur : est-ce qu'on peut juger quelqu'un en cinq minutes ? La vie, c'est pas un casting. En plus, j'avais neuf ans ! Neuf ans ! Faut pas exagérer. Et puis, est-ce qu'on a le droit d'en vouloir à quelqu'un cinq ans après ? »

Mais tout cela, bien sûr, c'était la faute de Léopoldine. Quelle peste, cette fille. Et hypocrite, en plus. Quand je pense que j'avais voulu être son amie… Comme je l'aurais volontiers roulée dans la boue, à l'époque. Et même maintenant, même tout de suite. Dire que je l'avais consolée tout à l'heure… Ah, maudite robe, maudites tresses, maudites plumes ! J'écrasais la terre molle sous mes pieds. Je me sentais très en colère. Mais j'avais beau m'énerver contre Léopoldine, cela ne me soulageait pas. Mes joues continuaient de me brûler. J'avais un peu honte. Oui, il faut bien le dire, j'avais honte de moi. Et c'était insupportable. Même le chien, je commençais à regretter de lui avoir balancé cette malheureuse petite

pierre. Je sentais le caillou que j'avais mis dans ma poche. Il pesait comme un remords.

*

J'ai repensé à toutes les humiliations de ma vie. Les petites et les grandes : le jour où j'avais perdu ma jupe dans le car, parce que je l'avais mal boutonnée ; toutes les fois où j'avais cru être importante pour quelqu'un, et où je m'étais trompée. Mais la pire de toutes, c'était à la fête de Jérémy en juin dernier. Des garçons avaient rapporté des bières en cachette (parce que, chez les parents de Jérémy, on ne rigole pas avec l'alcool : ils ont tellement d'ancêtres poivrots que même le cidre, ils s'en méfient). J'en ai bu une ou deux pour me donner du courage. Enfin, peut-être deux ou trois… Comme je n'avais pas l'habitude, je me suis retrouvée très vite saoule. C'est dans cet état que j'ai demandé à Raphaël s'il voulait sortir avec moi. Il a dit non. J'ai vomi. Alors je me suis retrouvée dans la salle de bains des parents de Jérémy, avec du vomi plein les cheveux. Et c'est Léopoldine qui m'a lavée, à petits gestes délicats. Oui, c'est à ma pire ennemie que Raphaël a demandé de l'aide, et c'est elle qu'il a embrassée à la fin.

J'aurais dû lui cracher dessus, sur elle et sur sa pitié encombrante. Mais au lieu de ça, je dégoulinais de gratitude. Parce que je m'attendais à ce qu'elle se moque, et qu'elle ne se moquait pas. Je croyais qu'elle me traiterait comme un vieux torchon sale, et elle prenait soin de moi

comme une soie très rare. Je lui avais dit : « Tu es un ange », et je m'étais endormie.

Et depuis, je l'avais haïe de tout mon cœur, de m'avoir vue si minable.

J'ai marché plus vite. Chaque pas m'éloignait de la ferme, c'était une délivrance.

« Quelle sale journée, c'est pas possible ! Mais ça va s'arrêter quand ? »

Il m'a semblé voir une petite lueur tout au bout du champ, à l'orée du bois. Il y avait là une maison qui pourrait m'abriter. Encore quelques centaines de mètres, et j'y serais...

Le lendemain de la fête, je m'étais réveillée sur le canapé : ma mère avait oublié de venir me chercher, et j'avais passé la nuit chez Jérémy, dans le salon. Lui se tenait près de moi et me veillait avec des yeux tristes. J'étais embêtée qu'il soit là, à cause de cette rude loi de la vie qui veut que l'on cherche à faire souffrir autant qu'on a souffert : cela m'ennuyait que la loi tombe sur lui. Je lui ai dit de s'en aller. Comme il ne bougeait pas, j'ai crié :

– Dégage, pauvre naze. Tu t'es vu ? Jamais je ne sortirai avec toi.

Après cela, il ne m'avait plus regardée pareil. En fait, il ne m'avait plus regardée du tout. L'ennui avec les

garçons, c'est qu'ils se découragent vite.

J'avais froid. J'avais la gorge serrée. J'ai rabattu ma capuche sur ma tête, et j'ai serré le plus possible le petit cordon qui l'entourait. Je me suis sentie mieux. Mais bientôt la pluie est devenue si dense que la lumière au loin a disparu. Je me suis arrêtée. L'angoisse et la boue collaient à mes bottines, je ne savais plus où aller.

Alors j'ai changé de direction, et j'ai couru vers les réverbères de la route départementale, qui brillaient en serpentant derrière les collines. Je me disais qu'une voiture passerait peut-être sur cette route ; quelqu'un qui m'aiderait enfin.

J'ai couru, le panier battant contre mes jambes. Je suis tombée quatre ou cinq fois. Chaque fois, je me suis relevée, et j'ai repris mon panier. C'est très bizarre quand j'y pense, cette obstination que j'avais à porter ce panier : il était devenu la chose la plus précieuse à mes yeux. Peut-être parce que, à ce moment-là, j'avais l'impression de n'être plus rien : mes cheveux dégoulinaient sur mon visage, mon nez coulait, je sentais sur mes lèvres le sel de mes larmes et de ma morve. J'avais froid, j'avais peur, mon jean luisait de boue, j'étais si seule et si vide qu'il suffisait d'une bourrasque pour me jeter à terre. Le panier, au moins, me donnait du poids. Tant que je l'avais à mes côtés, je n'étais pas complètement anéantie. Tant que je pouvais le porter, j'étais forte.

Je courais donc vers le halo des réverbères de la route. Mais soudain, une rafale de vent plus brusque a fait vaciller un des poteaux électriques. J'ai vu les fils danser entre les lumières, des étincelles jaillir, et puis plus rien : tout s'est éteint.

Je me suis retrouvée dans le noir complet. Même le fond des mers doit être moins obscur.

Le bruit du vent semblait plus fort, ou peut-être était-ce les battements de mon cœur.

Comment en étais-je arrivée là ? Ce matin, j'étais la reine du collège et ce soir, j'errais dans un désert aveugle. J'ai senti la colère monter en moi. J'ai eu envie d'insulter le ciel, mais je me suis retenue, parce que la météo était suffisamment calamiteuse. Alors j'ai mis un pied devant l'autre et j'ai marché.

La route devait être toute proche, quelque part droit devant. Plus qu'un pas ou deux…

Mais à ce moment mon pied a dérapé, et j'ai glissé dans une avalanche de glaise : j'avais oublié qu'à cet endroit la plaine ondule en collines, entre lesquelles on a creusé la départementale. Les bords escarpés de la route tombent à pic dans le fossé, qui est profond de plus d'un mètre.

La pluie l'avait rempli d'un ruisseau d'eau boueuse.

J'ai plongé dedans comme on tombe dans la gueule du loup, et le froid m'a mordue jusqu'aux épaules.

Je me suis débattue. J'ai agrippé des touffes d'herbe et des mottes de terre. Et je suis parvenue à me hisser hors de la tranchée.

Le caillou tombe dans le puits. Le papier bouche le puits. Les ciseaux coupent le papier. Le caillou casse les ciseaux.

Je suis restée là, sans bouger, à genoux. J'étais trempée. Une clarté blanche est apparue dans un tournant : une voiture !

Je me suis levée d'un bond en agitant les bras. Mais la voiture roulait vite, malgré les virages. Elle a foncé sur moi. La pluie formait un rideau de lumière aveuglante, je n'ai eu que le temps de m'aplatir sur le bas-côté.

Lorsque je me suis redressée, l'obscurité était revenue. Le conducteur ne m'avait même pas vue. J'étais restée pour lui un morceau de cette nuit, comme sont les fantômes, les rêves et les chouettes effraies.

Alors j'ai crié. Personne ne m'entendait, j'ai hurlé de toutes mes forces. La pluie a cessé de tomber.

Je sentais au bout de mes doigts la boue du bord de la route. C'était froid sous la paume de mes mains, et d'une

douceur inattendue. Il me semblait que les lèvres de mille personnes mortes embrassaient mes genoux. J'ai eu l'impression que mon cœur se vidait de tout désir, que mon corps perdait sa consistance.

Une sorte de molle terreur m'a envahie, un mélange de désespoir et de manque qui me laissait sans voix.

– Maman ! j'ai chuchoté.

Je me suis mise à pleurer. Je n'ai pas lutté, je n'ai pas eu peur d'être faible. Je venais de cesser d'en vouloir à ma mère. (J'expliquerai plus tard peut-être pourquoi j'en voulais à ma mère, mais pas maintenant, pas ici.)

Je commençais à trembler très fort, à cause du froid. Je ne pouvais pas rester là. J'ai décidé de suivre la route, bien qu'elle aille dans une direction opposée à celle de ma maison. Je n'avais pas d'autres points de repère que cette dureté du bitume sous mes pieds, et je savais qu'elle menait à un village, à quelques kilomètres. D'ailleurs, j'en entendais l'église dont les cloches lointaines sonnaient l'angélus. Il était déjà sept heures du soir.

– Tu es un ange, avait dit Léopoldine en partant.

Et elle aussi, un jour, elle avait été un ange pour moi. Au moins pendant une minute.

J'avais à peine fait quelques pas qu'un grondement de tonnerre a éclaté. J'ai compté trente secondes avant que l'éclair ne me rende la vue : en un clin d'œil, sous cette

lumière clignotante qui m'évoquait les néons des couloirs d'hôpital, j'ai aperçu la route, le fossé, le remblai escarpé qui menait aux champs que j'avais traversés et, sur le remblai… mon panier !

Un autre éclair, et j'ai bondi par-dessus le fossé, enfoncé mes doigts dans la terre, escaladé la colline. Là, j'ai cherché à tâtons, sentant à nouveau sous mes doigts la douceur de la terre froide, semblable aux baisers des fantômes. Et enfin j'ai touché l'osier du panier, qui n'était ni doux, ni froid : il avait la tiédeur rêche d'un ami un peu bourru.

Je l'ai pris, et tout m'a semblé plus facile : les éclairs déchiraient le ciel, illuminant les champs par intermittence. Dans ces instants, la plaine semblait blanche d'écume, avec au loin l'ombre crénelée du petit bois, comme des rochers en bord de mer.

J'ai tourné le dos à la route, et j'ai mis le cap sur ce bois, parce que c'était là le chemin de ma maison.

Je n'avais jamais vu un orage comme celui-là. Derrière moi, les éclairs fermaient l'horizon d'une grille étincelante. Je ne pouvais qu'avancer, la peur sur mes talons.

J'ai fini par atteindre le bout du bois. C'était le coin que j'aimais le moins, parce qu'il était planté de hauts sapins sombres : le soleil ne venait jamais caresser les basses branches, et les oiseaux ne chantaient pas dans les aiguilles. Même pendant le jour, il y faisait froid d'habitude. Mais cette nuit-là, c'était pire que tout : un silence glacé régnait, lourd de très vieilles rancunes.

Je n'ai pas osé rentrer. Alors je l'ai longé, en suivant le petit chemin des Bruyères. J'avais fini par m'habituer au chaos du tonnerre, et je tenais ma peur en laisse, au pied, comme un chien dressé.

Mais lorsque j'ai vu la Chose, sous l'arbre abattu par la foudre, j'ai senti la laisse se rompre.

Chapitre 10

Un éclair m'a révélé sa présence, à travers les branchages encore fumants : j'ai distingué des lueurs, peut-être des yeux, peut-être des dents.

Je n'ai pas crié.

J'ai juste reculé doucement, le panier sur le cœur.

– Y a quelqu'un ? a dit une voix rauque.

Je me suis figée. À la lueur d'un nouvel éclair, j'ai distingué des cornes de métal, et tout un corps immense sous l'arbre foudroyé.

– Par pitié, quelqu'un, aidez-moi !

À mon grand étonnement, j'ai reconnu la voix : c'était celle de Djibril, voilée d'une telle angoisse qu'elle n'avait plus d'âge.

– Je suis là, j'ai dit.

J'ai soulevé les branches : il était étendu, une de ses jambes bloquée sous sa moto. Il avait gardé son casque attaché, mais la visière était relevée : je pouvais voir du sang couler de ses lèvres et le long de ses joues. Du sang qui paraissait d'un noir bleuté à la lueur des éclairs, et qui semblait lui manger le visage.

Un instant, j'ai cru que l'air me manquait. *Les ciseaux coupent le papier. Les ciseaux tombent dans le puits. Euh… Tout le monde tombe dans le puits.*

Puis j'ai refait surface.

– Qu'est-ce qui s'est passé ? j'ai demandé.

– L'arbre… Je roulais, j'étais pressé de rentrer chez moi, j'ai vu le sapin tomber sur le chemin. J'ai freiné, la moto a dérapé, et on a roulé ensemble jusque-là. J'ai eu de la chance, je crois. Dix secondes plus tard, et l'arbre me tombait dessus.

J'étais tout près de lui, à présent. J'ai doucement repoussé sa moto. Il a retiré sa jambe en criant. Puis il s'est appuyé sur mon épaule pour se mettre debout.

Il n'avait pas encore vu qui j'étais. Je me demandais s'il m'en voulait encore. Au bout de quelques minutes, un éclair plus long m'a révélée.

– Toi ! s'est-il exclamé avec une grimace.

Cela répondait à ma question.

Mais il ne s'est pas éloigné : il avait besoin de moi, et j'en étais heureuse. On a fait quelques pas en silence, jusqu'à une autre souche sur laquelle il s'est assis. Il a doucement ôté son casque. Une large estafilade lui barrait le front.

De sa manche, il a essuyé son visage : sur le tissu de sa chemise, du sang et de la boue — on ne distinguait pas l'un de l'autre dans l'obscurité. Ses mains étaient secouées de spasmes. Ou peut-être était-ce les éclairs qui donnaient cette impression.

Je n'osais pas lui parler. J'ai sorti une lingette antibactérienne de ma poche, et j'ai entrepris de me nettoyer consciencieusement les mains, que je ne voyais pas mais que je devinais pleines de crasse. Au bout d'un moment, il a eu l'air de se rappeler ma présence, parce qu'il a crié entre deux grondements de tonnerre :

– C'est quoi ton nom ?

– Méthilde.

– Mathilde ?

– Non, Méthilde, avec un « Mé » comme…

– Méchante ?

– Non, comme « méfie-toi parce que je peux très bien te laisser là tout seul »…

– Ah oui ? Eh bien vas-y, surtout ne te gêne pas.

Il avait dit cela très calmement, avec un sourire un peu tordu (ou peut-être était-ce la blessure au coin de sa lèvre inférieure, qui donnait un air douloureux à sa moquerie).

J'ai voulu répliquer quelque chose, parce que tout de même, je venais de l'aider, et qu'il n'avait pas dit merci. Mais je me suis tue : la gratitude, c'est comme la beauté ou le don des maths — on l'a ou on ne l'a pas.

De toute façon, je serais restée, même s'il n'avait pas voulu. Pas pour le secourir. Pour me secourir moi.

Il me venait en aide sans le savoir. Depuis que je l'avais trouvé, je me sentais moins perdue. Je n'avais plus peur de mourir.

L'orage s'était un peu éloigné, les éclairs n'étaient plus si fréquents : juste quelques tremblements de lumière, de temps en temps, qui zébraient les nuages de vergetures d'argent. On en restait tout éblouis, immobiles sur notre souche, les yeux dans le vague de la nuit. Alors, pendant quelques secondes, plus rien d'autre n'existait pour moi que sa main posée près de la mienne. Nos deux corps ne se touchaient pas, mais je sentais sa chaleur, à quelques centimètres. Très proche et très lointaine.

Ensuite, les contours des choses revenaient lentement, dessinés par la lune qui s'était levée. Je ne sais pas si c'était ma course en plein champ, le froid ou la peur, mais je me sentais légèrement ivre, j'avais envie de rire, je trouvais tout magnifique.

– Tu sais, j'ai fini par dire, pour l'autre fois… Quand on était petits… je n'ai jamais voulu te blesser.

Il me semblait que cette phrase-là manquait à la perfection du moment, qu'il suffirait que je la prononce pour que tout s'accomplisse selon mes vœux.

Mais il a tout gâché en quelques mots :

– Laissons tomber, hein ? Ce n'est pas la peine de revenir là-dessus. Que tu l'aies fait exprès ou pas, cela ne change rien pour moi. Tu m'as fait mal, point. Je ne veux pas oublier, et toi tu ne peux pas réparer…

Il s'est tu un instant, et il a repris :

– De toute façon, je n'ai pas besoin d'être réparé. Je me répare tout seul.

Une fois encore il a fait une grimace, parce qu'il a retroussé son jean pour observer sa jambe blessée. Sous la lune, sa peau paraissait très pâle autour de la plaie sombre. J'ai dénoué le torchon qui entourait les œufs du panier, et avec j'ai essuyé le sang sur sa bouche (le coton, au bout de ma main, semblait embrasser ses lèvres). Il m'a laissée faire. Puis j'ai sorti mon coupe-ongles, j'ai déchiré le torchon en deux, j'ai attaché un bout de tissu autour de son front, et l'autre autour de son tibia.

– Aïe, a-t-il crié en sursautant.

– Excuse-moi, j'ai dit. J'ai dû serrer un peu trop fort.

J'ai refait le pansement tout doucement — une douceur dont je n'avais pas l'habitude.

– Merci, il a dit tout bas.

Ce mot m'a laissée sans voix.

*

Sous le vent, la forêt craquait de toutes parts. On en devenait comme sourd. Mais soudain, un grincement terrible a déchiré l'air juste au-dessus de nous.

J'ai entendu un cri, mais je n'ai pas compris.

Je suis restée immobile, le corps paralysé. Alors j'ai senti une main agripper mon épaule, et une grande force me pousser vers l'avant. On est tombés tous les deux, son corps protégeant le mien, tandis qu'un arbre s'abattait sur la souche où nous étions assis.

On est restés quelques secondes comme ça, étendus dans un cocon d'aiguilles. Je ne me sentais plus respirer.

– Ça va ? a-t-il demandé.

– Oui, j'ai dit. Et toi ?

Il n'a pas répondu. Il a glissé sur le côté et, péniblement, a émergé des branches qui nous recouvraient.

Comme je ne bougeais toujours pas, il s'est retourné vers moi. Il m'a tendu la main. Sur son avant-bras, une large égratignure luisait à travers sa chemise déchirée. Et tandis que grâce à lui je parvenais à me lever, j'ai eu un pincement au cœur : il venait de me sauver la vie. Nous étions quittes.

Je ne sais pas pourquoi, l'idée qu'il ne me devait plus rien me faisait de la peine. Peut-être parce qu'une dette, c'est un lien comme un autre.

Une autre pensée me serrait la gorge : il ne m'avait pas protégée parce qu'il m'aimait bien. Ou parce que j'étais une fille et qu'il me trouvait jolie. Il m'avait sauvée parce que j'étais un être humain, comme il aurait sauvé tout le monde sur cette terre — si tout le monde avait été assis à ses côtés sur la souche. Peut-être même était-il du genre à préserver les limaces, les papillons, les arbres et les chiens : c'était un réflexe, c'était la tournure de son âme.

Il y avait comme ça des gens qui sauvent, et d'autres qui détruisent. Des gens sensibles à la grâce, et d'autres qui la craignent au point de l'étouffer.

Peut-être même existait-il des personnes capables de passer d'un camp à l'autre, selon les curieux aléas de la vie. « Mais moi, je ne suis d'aucun camp, j'ai pensé. Je ne sauve pas, je ne détruis pas… Je pétrifie. Je rends tout ce que j'approche dur comme de la pierre. Parce que je suis moi-même dure comme de la pierre. »

Je sentais le caillou dans la poche de mon jean.

En un éclair j'ai imaginé à quoi ressemblerait le monde si c'était moi qui l'avais créé : de l'ordre, du bitume, des haies taillées, des compteurs de bactéries et des collégiens en uniforme, avec des couleurs différentes selon la moyenne de leurs notes en mathématiques. Du rouge et du turquoise pour les meilleurs élèves, du jaune moutarde et du vert caca d'oie pour les plus mauvais.

Un monde si parfait qu'il m'a fait froid dans le dos.

– Il ne faut pas qu'on reste ici, a-t-il dit.

– Tu peux marcher ?

– Oui.

– Tu peux t'appuyer sur moi, si tu veux.

– Ça ira. Je m'appuierai sur ma moto.

Et là, un peu interloquée, je l'ai vu se diriger en boitant vers son engin de malheur, le dégager des branches, le remettre d'aplomb, et s'en servir comme déambulateur. Alors, à mon tour, j'ai fouillé dans les branches du sapin, et j'ai empoigné mon panier que j'avais abandonné là.

Juste à côté, parmi les ramures sombres, brillait un objet qui m'a paru magnifique : on aurait dit un talisman en pierre de lune, ou le blason d'argent d'un chevalier perdu. Je l'ai ramassé : en fait, c'était l'un des rétroviseurs de la moto.

Sur le verre, une fêlure dessinait une sorte d'arbre ou de soleil, et l'ensemble avait l'éclat d'un joyau. Je l'ai glissé dans le panier.

– Qu'est-ce que c'est ? a demandé Djibril en voyant le panier.

– Rien.

– Si c'est rien, laisse-le. Tu sais, vu les circonstances, je crois que mère-grand ne t'en voudra pas si elle n'a pas sa galette et son pot de beurre.

Sur le moment, j'ai cru que le choc de son accident le faisait délirer. Puis j'ai compris : j'ai haussé les épaules pour la forme, mais en vérité cela m'a fait sourire.

*

On a suivi durant quelques mètres le chemin des Bruyères. J'étais d'avis de continuer sur cette voie, parce qu'elle menait à mon village, à un petit kilomètre. Mais Djibril a montré un sentier qui s'enfonçait dans les bois, et il a dit :

– Il y a une maison, tout près, à cinq ou dix minutes. Vu notre état, je crois que c'est mieux.

Je l'ai suivi.

Chapitre 11

– Djibril, je peux te poser une question ?

– La preuve que oui : tu viens de le faire.

– Non, une vraie question…

Il a soupiré. J'en ai déduit que c'était oui.

– Pourquoi as-tu dit tout à l'heure : « Je ne veux pas oublier » ? Ça veut dire que tu pourrais, mais que tu as décidé de ne pas le faire ?

– Oui. Si étrange que cela puisse paraître, quand je dis que je ne veux pas oublier, c'est que je ne veux pas oublier.

J'ai cru qu'il allait s'arrêter là et laisser retomber sur nous le silence, plein de souffles et de craquements. Mais il a poursuivi :

– Tu vois cette terre, et ton pied qui s'enfonce dedans, et l'empreinte que ça laisse ? Moi je veux être comme la terre. Elle se souvient du bon et du mauvais, du talon des bottes et des grains de blé. Je voudrais me souvenir de tout : de mon premier cri quand je suis né jusqu'à mon dernier quand je mourrai.

– Mais pourquoi ? À quoi ça sert ? (Ce garçon est fou, telle était ma première conclusion.)

– À savoir qui je suis.

J'étais perplexe. Non, il n'était pas fou, juste un peu trop intelligent : au collège, j'étais entourée d'esprits médiocres alors forcément, le contraste me perturbait.

– Mais, me risquai-je à objecter, moi je ne me souviens pas de tout, et pourtant je sais qui je suis.

Il n'a rien répondu. À la lumière de la lune, j'ai vu briller la blancheur de ses dents. Je le faisais sourire, c'était déjà ça.

On marchait depuis quelques minutes quand le chemin a légèrement obliqué : à cet endroit, il contourne une clairière avec un petit étang entouré de marécages. Ce coin a mauvaise réputation dans mon village. D'abord parce que le sol y est traître : il emprisonne les jambes des téméraires, et certains ont cru finir leurs jours à jamais plantés dans la vase.

Mais il y a surtout cette vieille rumeur qui fait peur à tout le monde : l'étang annoncerait les catastrophes (une sorte de mare divinatoire, en quelque sorte).

Il ne s'est asséché que deux fois au XXe siècle, l'été 1914 et l'été 1939. Et, en 1990, le jour où l'Irak a envahi le Koweït, un gars du village jure qu'il en a aperçu le fond.

Depuis, presque plus personne ne vient vérifier le niveau de l'eau au mois d'août, alors on ne sait pas trop ce qu'il en est pour le XXIe siècle.

Cette nuit-là, sous la lune, l'étang brillait avec une insistance étrange. Je me suis sentie frissonner.

– C'est vraiment la bonne direction ? ai-je demandé.

– J'espère.

Alors on s'est encore enfoncés dans le bois de sapins, en laissant l'étang de côté.

Je me suis mise à claquer des dents si fort qu'il l'a entendu.

– Ça ne va pas ? Quelque chose t'a fait peur ?

– N… Non… Ce n'est pas l'ef… l'effroi… c'est le f… le froid…

Il a tendu la main vers moi par-dessus la moto, et m'a touché les cheveux.

– Tu es trempée !

Il a défait son blouson pour ôter un épais pull gris pelucheux qu'il m'a tendu.

J'ai déboutonné mon imperméable, pour enfiler le pull par-dessus mon polo.

– Tu devrais d'abord enlever ce truc. Il est mouillé, tu risques de tomber malade.

– Non, j'ai dit.

Je ne voulais pas quitter mon polo. Il me semblait que toute ma force s'était réfugiée en lui.

– Tu sais, a-t-il repris, si c'est ça qui t'embête, je ne vais rien voir. On est dans le noir, je ne regarderai pas. En plus, je n'en ai pas envie.

– Non, j'ai répété.

J'ai senti le picotis moelleux du pull sur mon cou. Cela m'a rendue heureuse. Djibril a sorti une sorte de chose duveteuse de la poche de son blouson.

– Tiens, mets ça sur ta tête.

C'était une chapka noire en fausse fourrure, avec deux oreilles tombantes : horrible. J'ai pensé à la drôle de tête que cela me ferait, alors j'ai bredouillé :

– Euh… Non, tu sais, ça va aller…

Il a soupiré une fois encore, alors j'ai pris la chapka.

Ainsi nous marchions : lui boitillant près de sa moto, un bout de torchon rougi de sang sur le front ; moi trimballant mon panier et mes deux oreilles poilues.

– J'ai soif, a murmuré Djibril.

Il regardait une flaque dans l'ornière du chemin.

– On est bientôt arrivés, j'ai dit.

– C'est quoi, ta plus grande peur ?

J'ai recommencé à trembler. Si c'était pour poser ce genre de question, j'aimais mieux quand il se taisait.

– Je ne sais pas, j'ai répondu.

On ne devrait pas parler de la peur dans une forêt obscure.

– Moi, c'est ce que je viens de vivre, a-t-il dit.

Et sa voix vibrait quand il a ajouté :

– Être seul… Dans le noir… Et mourir, comme ça, loin de tout… loin de tous…

J'ai pensé soudain que ma plus grande peur à moi, c'était la clarté blanche d'une chambre d'hôpital avec ma mère dedans. Ce jour-là j'avais connu la vraie terreur : la croire morte, la serrer dans mes bras, la sentir immobile.

– Elle n'a rien, elle a eu de la chance, avait dit le médecin.

Moi je regardais les poignets de ma mère, enveloppés dans d'épais pansements. Et obstinément, je pensais aux loups pris dans les pièges, qui se rongent la patte pour se délivrer.

J'ai chassé cette vision de mon esprit. Ma mère vivait toujours, heureusement ; elle avait juste le cœur en hibernation.

Là encore, j'ai balayé cette pensée. Il y a des souvenirs qu'on préfère ventiler : moi je n'étais pas comme la terre.

– Tu lui en veux, des fois…

J'ai cru entendre une voix sentencieuse énoncer dans un coin de mon cerveau : « On ne dit pas "des fois", on dit "parfois" ». Alors j'ai repris :

– Tu lui en veux parfois, à ta mère ?

– Quoi ? Mais pourquoi je lui en voudrais ? Elle est super, ma mère !

– Euh... Non, pas cette mère-là... L'autre, euh... la vraie. Celle qui t'a... celle qui n'a pas... celle qui ne t'a pas gardé...

Un silence, encore. J'ai commencé à me demander si ce n'était pas un sujet dangereux.

– Excuse-moi si tu me trouves indiscrète, j'ai ajouté. En même temps... personne ne nous entend, tu peux bien me dire si tu en veux à ta mère...

J'ai été rassurée d'entendre enfin le son de sa voix, qui était d'une suavité inhabituelle :

– Je dois dire... que c'est rare... quelqu'un qui a autant de talent... pour trouver pile les phrases qui tuent...

Dit de cette manière, c'était presque un compliment, mais je pouvais difficilement me cacher la vérité : ce garçon ne m'appréciait pas beaucoup.

– Non, sans rire, a-t-il poursuivi (et vraiment il ne riait pas du tout), ça t'arrive de te mettre une seconde à la place des gens ?

Je n'ai pas répondu. De toute façon, il avait déjà ses certitudes, il pouvait bien se les garder. Eh ben oui, je ne pensais qu'à moi, et alors ? Chacun pour soi et Dieu pour tous.

J'aurais pu lui dire qu'à une époque de ma vie très ancienne, je parlais bas et je respirais peu, parce que j'avais l'impression que c'était de ma faute si mes parents

semblaient tristes. Quand j'avais cinq ans, je savais deviner les peines et cela me tuait à petit feu : je sentais le chagrin de ma mère, je m'en croyais responsable, j'avais envie de mourir.

Puis j'ai grandi et j'ai compris que je n'y étais pour rien : sa peine, elle venait d'elle, elle la portait en elle. Je ne voulais plus me charger du fardeau de quelqu'un d'autre.

Peut-être m'aurait-il vue sous un jour différent si je lui avais confié tout cela ; peut-être aurait-il eu pitié de moi.

Mais je préférais être détestée que plainte. C'était plus confortable. Alors je me suis tue.

On a continué à marcher en silence, parmi les arbres abattus qui jonchaient le chemin. Le temps semblait s'être arrêté. On devait faire des détours incessants, et je l'aidais à soulever sa moto par-dessus les branches mortes.

Parfois, quand l'effort était trop violent, il tressaillait de douleur. Je voyais qu'il se retenait de crier.

– Non, a-t-il fini par dire. Non, je ne lui en veux pas.

Il s'est immobilisé, les yeux dans le vide.

– C'est drôle, murmurait-il, cela fait du bien de prononcer ces mots : je ne lui en veux pas… Je ne lui en veux plus. Au contraire.

Un silence.

– Comment tu as fait ? j'ai chuchoté.
Il s'est tourné vers moi. Il a semblé hésiter.
– Comment j'ai fait quoi ?
– La colère… Pour qu'elle s'en aille ?…
Il a baissé la tête.
– Tu connais les contes de Grimm ? m'a-t-il demandé.
La question m'a laissée sans voix.
Je croyais sentir autour de moi la forêt noire, pleine de sombres moqueries. Il me semblait que tous les arbres attentifs se penchaient vers nous, comme si l'on rejouait une vieille farce oubliée.
– Euh… Oui…, j'ai articulé.
Lentement, il a continué :
– Un jour, il n'y a pas très longtemps, j'ai ouvert un livre au hasard dans une bibliothèque. Je suis tombé sur un conte, je ne me souviens plus de son titre, mais c'était terrible : l'histoire d'une affreuse marâtre, qui jette des enfants du haut de la tour d'un château pour s'en débarrasser. Les enfants tombent dans une rivière ; on croit qu'ils vont se noyer, mais le courant les porte vers la cabane d'un homme qui vit dans les bois. Il les recueille et les élève comme ses propres fils. Les enfants grandissent, deviennent eux-mêmes des hommes, accomplissent un exploit… et finissent par être reconnus comme les princes qu'ils sont…
Il a trébuché sur une racine, s'est rattrapé de justesse et a continué :

– Sur le moment, je me suis dit : « Quelle femme horrible ! Quel conte idiot ! » Je bouillonnais de colère, je détestais cette histoire, je ne comprenais pas pourquoi je l'avais lue d'une traite, sans pouvoir m'en détacher. J'ai fini par m'asseoir à une grande table, à côté d'un vieil homme chauve qui prenait des notes dans un gros bouquin. J'étais tellement bouleversé que je lui ai demandé son avis : « À quoi ça rime, j'ai crié, de raconter pendant des siècles une histoire pareille, qui commence par une femme qui jette des enfants du haut d'une tour ? » Il m'a regardé comme tu viens de le faire — comme si j'étais un peu fou, ou un peu désespéré. Il a réfléchi. Et il a dit…

– Euh… T'es sûr qu'on est sur la bonne route ? (Je me demandais où tout cela nous menait.)

– Non, je ne suis pas sûr…

Il a regardé autour de nous. Les sapins s'alignaient comme une armée, austères et menaçants. Au pied des arbres, les aiguilles mortes formaient des tapis rouges et des sentiers trompeurs.

– Continuons, a-t-il murmuré.

Son visage était blanc. Des gouttes de sueur perlaient sur son front. Il avait de plus en plus de mal à marcher.

J'ai senti l'angoisse s'abattre sur nous. Nous étions perdus.

– Tu veux la suite ou pas ? a-t-il demandé sur un drôle de ton.

J'ai fait oui à contrecœur.

– Il a dit…, a poursuivi Djibril d'une voix tremblante, il a dit : « C'est un conte, n'est-ce pas ? Un conte, ça dit des choses sous une forme un peu déguisée, ce n'est pas à prendre au pied de la lettre… Donc, si l'on regarde votre histoire… Est-ce qu'elle les jette, ou est-ce qu'elle les pousse vers la vie ? Vers leur vie à eux ? Parce que finalement, ils deviennent ce qu'ils étaient… Alors, d'une certaine manière, il me semble qu'elle leur fait un cadeau… »

« Tu parles d'un cadeau ! » j'ai pensé. Mais je devais bien reconnaître que ces mots me rendaient la paix, malgré ma peur.

– C'était quoi, ce conte ? j'ai demandé.

– Je ne sais plus, a-t-il répondu. Mais tu le retrouveras sûrement… Ou tu en trouveras un autre. Il y a toujours une histoire qui guérit.

Une histoire qui guérit… Sur le moment, j'ai jugé cela stupide. Mais j'étais fatiguée de mépriser les idées des autres. Et pour la première fois depuis très longtemps, j'avais envie de croire en quelqu'un. Alors j'ai appuyé ma pensée sur cette phrase, comme on s'appuie sur la rampe d'un escalier.

– Mais, euh, pardon, c'est quoi le rapport avec ta vraie mère ?

– Arrête de dire « ta vraie mère ». Ça m'énerve. Ma vraie mère, c'est celle que j'appelle maman.

– Non, mais je voulais dire…

– Je sais ce que tu voulais dire. Je sais ce que veulent dire les gens comme toi.

J'ai vu qu'il tremblait. Moi aussi, parce que j'étais furieuse.

– Et c'est quoi, les gens comme moi ?

Il s'est contenté de plonger les mains dans une flaque qui brillait sous la lune pour s'asperger le visage.

– C'est qui, les gens comme moi ? j'ai insisté.

– Écoute. Je t'aime bien, finalement. Mais on ne peut pas discuter avec toi. Tu penses en kit.

– Je… quoi ?

– Avec des idées toutes faites. En kit, quoi, comme les meubles.

– Tu… T'es en train de dire que j'ai un cerveau Ikea ? Et je peux savoir à quoi tu vois ça ?

– Tu as des cases dans la tête : sa fausse mère, sa vraie mère. Le droit du sang, et bla bla bla. S'il est blanc, il est d'ici. S'il n'est pas blanc, il n'est pas d'ici…

– N'importe quoi !

– Ne me dis pas que tu n'as jamais dit des trucs de ce type : « Machine est plouc parce qu'elle a des chaussures comme ci, Untel est idiot parce qu'il parle comme ça… »

– N… Non…

– Si. Tu es du genre à penser par clichés. Les clichés, ça tue le monde.

– Mais… Mais…

Et là, toute ma fureur s'en est allée : il ne m'est plus resté qu'un grand découragement.

Je me suis mise à pleurer : c'était la dernière solution.

– Ce n'est pas de ma faute, ai-je larmoyé. Je ne sais pas me faire aimer. Je n'ai pas l'habitude de mâcher mes mots, de minauder, de deviner ce que les gens veulent entendre…

– Mais ce n'est pas le problème…

– Le problème, c'est peut-être que tu prends tout mal…

– Hein ?

– Oui, tu es… Tu es susceptible, tu te mets en colère pour un rien, et ça me fait de la peine.

Comme je sanglotais de plus belle, il s'est approché de moi.

– Arrête de pleurer. S'il te plaît. Je ne sais pas si je suis susceptible. Peut-être. Tout ce que je sais, c'est que chaque fois que tu ouvres la bouche, tu m'arraches un bras. Tu ne le fais pas exprès, mais tout ce que tu dis, ça me blesse : le moindre sourire, je crois que c'est un coup de dents. Tu peux comprendre ça ?

Non, je ne comprenais pas. Mais j'ai fait oui de la tête.

– Le mieux, c'est qu'on se taise, a-t-il ajouté. Je suis sûr qu'on s'entendra très bien si on ne se parle plus.

Il a remonté la fermeture Éclair du pull gris qu'il m'avait prêté, et enfoncé la chapka sur ma tête pour que je n'aie pas froid. Il a repris sa moto en grimaçant. Et la pluie s'est remise à tomber.

Chapitre 12

– Qui va là ?

La voix n'était pas accueillante. Elle fut aussitôt suivie d'un bruit métallique encore plus hostile : le cliquetis d'un fusil que l'on arme.

Instinctivement je me suis cachée derrière Djibril, tandis qu'une lampe torche était braquée sur nous. En reculant, j'ai dérapé et je me suis retrouvée assise par terre. J'ai senti dans mon cou une haleine chaude et nauséabonde. Derrière moi, dans l'ombre de la nuit, un énorme animal se tenait tapi, prêt à bondir, avec ses grognements de fauve et sa taille d'hippopotame.

J'ai agrippé le bas du jean de Djibril qui n'avait pas bougé, une main en visière pour protéger ses yeux de l'éclat de la lampe.

– Irma, c'est moi, a-t-il dit.

– Ross, au pied ! a répondu la voix.

Et aussitôt l'énorme bête s'est éloignée de moi d'un petit trot qui faisait trembler la terre. Sa maîtresse a braqué sa lampe dans ma direction.

– N'ayez pas peur, a-t-elle dit. C'est un cochon gris du Vietnam. Très affectueux. Et rarement carnivore.

Elle nous a guidés vers sa maison — celle que nous cherchions durant tout ce temps. C'était une sorte de chalet en bois, avec d'étranges sculptures aux encadrements de la porte et sous les toits. La lumière de la torche les éclairait de biais, faisant apparaître des visages aux yeux voilés. J'ai eu l'impression qu'ils grimaçaient à mon passage.

– Tu as vu ? a dit Djibril. C'est Irma qui a fait tout cela, de ses propres mains.

Il parlait d'un ton admiratif qui me laissait perplexe : je les trouvais affreux, moi, ces nains de jardin.

J'ai hésité une seconde sur le seuil de la maison, tant l'intérieur me semblait étrange : une seule bougie l'éclairait, et l'on croyait voir danser autour de sa flamme toutes sortes d'animaux et de créatures. Une odeur de sous-bois régnait dans la pièce et ne plus voir Djibril me rendait craintive.

Comme je ne me décidais pas, le cochon derrière moi m'a encouragée d'un coup de groin.

J'ai répliqué par un coup de panier.

Il a reculé, pris de l'élan, et m'a poussée à l'intérieur avec un barrissement de jeune éléphant.

– Tu feras moins le malin quand tu seras du boudin, j'ai grincé.

– Pardon ? a demandé Irma.

– Euh... Tenez, c'est pour vous, ai-je répondu en tendant le panier.

Quand elle l'a pris, j'ai eu un pincement au cœur. Il m'a semblé qu'elle me volait le meilleur de moi-même.

Entre-temps, elle avait allumé les bougies d'un immense candélabre. On pouvait distinguer son visage, qui était mince et pâle, avec deux rides sévères le long de sa bouche, et de noirs cheveux raides qui tombaient sur ses épaules. Elle était belle, d'une certaine manière, mais de la beauté des Agaçantes : le genre de femme qui pourrait être votre grand-mère et qui s'autorise pourtant à porter des nuisettes. La preuve, elle était vêtue d'un kimono de soie noire brodée qui bruissait comme un murmure. On le devinait sous un long châle de laine

rouge, dont l'aspect duveteux lui donnait un air de papillon de nuit.

Elle m'évoquait un lointain souvenir, que je n'arrivais pas à préciser mais qui m'était désagréable.

J'ai immédiatement senti qu'elle allait me détester.

Et je dois dire que sur ce point, j'avais moi-même pris un peu d'avance.

Elle a posé le candélabre sur la table, en nous indiquant deux sièges qui semblaient recouverts de poussière. J'ai pu observer, avec dégoût, que la pièce entière paraissait poudrée d'une couche grise. Le cochon s'était installé dans un coin, sur un édredon. Il ronflait comme un bienheureux dans cette atmosphère insalubre, et j'ai pensé en ricanant que pour une porcherie, l'endroit était plutôt propre.

– Qu'est-ce qui s'est passé ? a demandé Irma en examinant les blessures de Djibril.

À la lumière de la lampe, son état était effrayant. Le torchon blanc que j'avais noué sur son front s'était presque entièrement teinté de sang. Et lui-même était plus livide que jamais.

– Un arbre m'est tombé dessus, a-t-il répondu.

– Deux arbres, ai-je précisé. La deuxième fois, il... il m'a sauvé la vie.

Je me suis rendu compte soudain que je ne l'avais même pas remercié. Cela m'a serré le cœur. On ne dit jamais merci aux gens à qui l'on doit la vie. Peut-être parce que c'est un présent trop énorme, et qu'un seul mot n'y suffit pas. Ou peut-être parce qu'on met du temps, beaucoup de temps, avant de comprendre quel cadeau nous est fait.

Irma a quitté la cuisine pour chercher du coton. J'ai constaté avec soulagement qu'elle avait aussi du désinfectant, et des pansements stériles sous enveloppe qu'elle manipulait avec des mains fraîchement lavées.

Elle a posé deux couvertures sur nos épaules, et deux tasses de thé devant nous. J'ai sorti discrètement une lingette antibactérienne pour en essuyer le rebord avant d'y poser mes lèvres.

– Vous devez avoir vraiment froid, a-t-elle dit. Je vais rallumer le poêle.

Elle a pris une poignée de la poudre qui recouvrait la table, et l'a jetée dans le poêle sombre. Des petites flammes ont jailli d'entre les braises. J'ai compris alors que la poussière qui recouvrait tout, c'était de la sciure de bois.

– Je suis désolée, m'a-t-elle dit. C'est un peu en bazar ici. D'habitude, je travaille dans mon atelier, la petite cabane au fond du jardin. Mais à cause de la tempête, j'ai préféré rester bien à l'abri dans mon chalet. Et comme j'ai deux fauteuils à finir pour lundi, j'ai dû poncer dans mon salon… d'où l'état de la pièce.

– On peut voir ces fauteuils ? a demandé Djibril.

Irma s'est levée en souriant, et elle a disparu dans l'ombre. À ce moment, le cochon a soulevé son groin et l'a posé sur ma bottine. Je l'ai repoussé d'un coup de pied. Djibril a froncé les sourcils. J'ai soupiré d'énervement.

Irma est revenue en poussant deux grands trônes en bois, posés sur une planche à roulettes. On aurait dit deux arbres dont les branches entrelacées formaient le dossier. On pouvait voir les rainures des feuilles délicatement sculptées, auxquelles la lumière des bougies donnait une patine d'or. Objectivement, c'était magnifique. Mais comme Djibril sifflait d'enthousiasme, je me suis contentée d'un petit rictus approbateur.

– C'est une commande, a expliqué Irma. Un cadeau pour un mariage. Sur l'un des fauteuils, j'ai sculpté des feuilles de chêne, et sur l'autre des feuilles de noisetier.

– Pourquoi ? ai-je demandé.

– Parce que le chêne symbolise la force et la fidélité, et le noisetier la justice et la fertilité.

– Cela me paraît de bon augure pour un mariage, a commenté Djibril. (Je me suis alors demandé s'il avait déjà réfléchi à la question.)

– Oui, a répondu Irma. Encore que, si cela n'avait tenu qu'à moi, j'aurais choisi un végétal plus en rapport avec le véritable caractère des mariés…

– C'est-à-dire ?

– L'ortie.

Elle avait dit cela placidement, avec un petit sourire dévastateur. J'ai compris que le plus carnassier des deux, dans cette maison, ce n'était pas le cochon.

Djibril s'est mis à rire.

La fièvre l'avait quitté, il n'était plus aussi pâle et il semblait heureux — du moins quand il ne me regardait pas. Le voir ainsi me causait un mélange de colère et de joie.

Mais la conversation prenait un tour particulier, en s'attardant sur le mariage.

– De nos jours, expliquait Irma en essuyant la table (ce qui faisait teinter ses bracelets d'ébène), les princes n'épousent plus les princesses. Ils préfèrent les dragons.

– T'as toutes tes chances, alors, a murmuré Djibril à mon intention.

Et je n'ai pas pu m'empêcher de vibrer à ces mots.

Je devais vraiment le regarder avec des yeux mouillés d'espoir, parce que la perfide Irma a demandé :

– Ah oui ? Et dans ce cas, le prince ce serait toi ?

– Oh, mais non, a protesté Djibril. Moi je ne suis pas un prince. Je suis un pouilleux.

Je me suis mordu les lèvres, tandis qu'Irma s'exclamait :

– Un « pouilleux » ? Mais qu'est-ce que c'est que ce mot médiéval ? Pourquoi dis-tu une chose pareille ?

– Je ne fais que répéter ce que quelqu'un m'a dit un jour...

Irma avait appuyé son coude sur la table, et promenait tout en parlant ses longs doigts blancs vernis de rouge dans ses cheveux noirs. J'ai eu une grande bouffée de haine, soudain. Alors j'ai pris mon inspiration, et j'ai éclaté :

– J'ai déjà dit que je m'excusais, hein. Et si ça ne suffit pas, je m'excuse encore, là, voilà ! Je m'excuse, je m'excuse, je m'excuse !

Je reprenais du poil de la bête, cela ne faisait pas de doute. Il fallait juste que je ne mollisse pas, que je ne me laisse pas envahir par cette faiblesse larmoyante que je sentais couver tout au fond.

– Je n'y peux rien, ai-je poursuivi, si je me suis forgée toute seule, et si du coup, je suis un peu brusque…

J'avais envie de crier : « Ma vie c'est ça, c'est tracer une route dans une forêt : moi j'arrache les arbres et j'avance. Alors bien sûr, hein, je ne suis pas moelleuse, et je ne suis pas mielleuse : je suis dure, comme une lame. Et je fais des choses dures, et je dis des choses dures… »

Mais j'ai juste conclu :

– … C'est ce qu'on appelle la force de caractère…

Je n'osais pas trop regarder Djibril. Lui me fixait d'un air consterné. Alors je me suis rendu compte que, pendant tout ce temps, j'avais gardé ma chapka en fausse fourrure sur la tête. Tandis que je m'enflammais en une juste colère, mes oreilles poilues devaient virevolter autour de moi avec un enthousiasme ridicule.

J'ai ôté la chapka. Le cochon s'est réveillé.

Il clignait vers moi ses gros yeux globuleux, où je croyais distinguer, à ma grande irritation, un vague éclair de compassion.

J'ai bu une gorgée de thé pour me calmer.

– Je ne vois pas très bien de quoi vous parlez, a repris Irma, mais il me semblait, à moi, que la force de caractère c'était autre chose…

– Ah oui ? ai-je demandé d'une voix affûtée (puisqu'elle voulait la guerre, elle allait l'avoir). Et qu'est-ce que c'est, s'il vous plaît ?

– Eh bien… C'est protéger les faibles… Savoir s'oublier…

– Ou porter votre panier qui pèse deux ânes morts en pleine tempête ?

– Euh, oui, c'est ça aussi… Et d'ailleurs, je t'en remercie, mais je ne t'en demandais pas tant.

– Excusez-moi de vous avoir rendu service, ai-je répliqué d'une voix que la colère rendait de plus en plus aiguë.

J'avais conscience de m'emballer un peu vite, une fois de plus, mais c'est comme ça : j'ai un caractère ombrageux.

– Je suis désolée, jeune fille, que ce service t'ait coûté ta politesse.

– Excusez-moi encore (et j'ai bien articulé « ex-cusez », histoire de lui montrer que ma politesse n'était pas en cause) si je ne suis pas une chiffe molle comme toutes les femmes de votre génération.

Irma a fait mine de riposter, mais elle s'est tue. Elle s'est contentée de me regarder avec stupéfaction. Les joues rouges, la bouche arrondie, ses longues mains d'artiste crispées sur son châle rouge : c'était la femme de mon rêve de ce matin, en plus maigre. Sous le choc de cette vision, je suis restée bouche bée.

L'ombre d'un sourire a glissé sur son visage, comme si j'étais un drôle d'animal qui l'amusait. Alors Djibril s'est écrié :

– Bon, allez, stop, temps mort ! Et si on la mangeait, cette galette ?

Il a fouillé dans le panier. Il a sorti un pot de confiture de framboise. Puis la boîte en fer-blanc qu'avait préparée sa mère. Et le rétroviseur cassé de la moto, que j'avais recueilli.

– Qu'est-ce que c'est que ça ? a-t-il dit, perplexe.

– C'est à moi ! j'ai crié.

Et avant qu'il ait eu le temps de bouger, je le lui ai pris des mains et je l'ai mis dans la poche de mon jean (qui commençait à craquer), avec le coupe-ongles, le caillou, et la fiche.

Il m'a regardée comme s'il mesurait quelque chose, et j'ai pensé que c'était peut-être ma folie qu'il cherchait à évaluer. Mais il n'a fait aucun commentaire. Rien que pour cela, je l'aurais embrassé.

Puis il a ouvert le couvercle de la boîte. Bien protégée dans du papier absorbant, la galette était là, intacte malgré tout, ronde comme la lune et dorée comme le bois.

Le cochon a montré le bout de son groin. Puis il l'a reposé sur l'édredon, en poussant un soupir qui a soulevé un petit nuage de sciure. Un copeau s'est posé à la surface de mon thé.

Irma s'est levée sans un mot. Elle est allée vers l'évier laver des assiettes. Au bruit que faisait la vaisselle en s'entrechoquant, je devinais tout ce qu'elle se retenait de me dire.

Djibril s'est levé à son tour. Et tout en essuyant un plat, il s'est mis à chuchoter. J'ai tendu l'oreille et j'ai entendu :

– Il ne faut pas faire attention... Tu sais, elle n'a pas l'air comme ça, mais je crois qu'elle a bon fond...

– Bon fond ! Peut-être bien, seulement moi, c'est sa surface qui me pose problème...

– Oui, mais il suffit de creuser un peu, c'est comme pour l'eau dans le désert...

– Super, ai-je maugréé tout bas. Surtout faites comme si je n'étais pas là...

À ce moment, le cochon s'est levé et s'est approché de moi. Puis, avec une impudence incroyable, il a posé sa tête sur mes genoux.

Au début, j'ai voulu le repousser, tant je le trouvais affreux. Mais à peine ai-je mis mes deux mains sur son

front que la force m'a quittée : sous mes doigts, ses poils avaient la douceur de la soie, on aurait dit la peau d'un ange. Alors je l'ai laissé.

Je ne me faisais pas d'illusions, je savais bien qu'il était venu là pour humer la galette sur la table. Mais sa chaleur de montgolfière était réconfortante.

– ... Par ailleurs, je trouve très chevaleresque que tu prennes sa défense, continuait Irma dans un murmure, mais je ne suis pas sûre que ça l'aide.

Elle a prononcé encore quelques mots que je n'ai pas vraiment saisis, mais il m'a semblé qu'elle disait :

– Si elle continue à se conduire comme ça, elle finira seule et aigrie.

– Ça sent le vécu, j'ai ronchonné.

Le cochon a hoché la tête. J'ai découpé un petit morceau de galette pour le lui donner : il faut toujours ménager ses alliés.

Puis j'ai sorti une nouvelle lingette antibactérienne, et après m'être essuyé les mains, j'ai commencé à lui rafraîchir le museau.

Ils sont revenus tous les deux vers la table. Nous avons partagé la galette et nous l'avons mangée en silence. On n'entendait que le vent sifflant dans les ardoises, et la pluie qui pianotait sur les vitres.

Djibril semblait épuisé, alors Irma l'a envoyé dormir sur le canapé.

On s'est retrouvées elle et moi, face à face.

« En garde ! » je me suis dit.

Et sans un mot, j'ai pointé vers elle la lame de mes pensées.

Chapitre 13

Je me tenais aux aguets. Mais elle ne me regardait pas. Elle avait pris une petite bûche, et elle entreprenait de la sculpter à coups de rabot et de ciseau à bois.

J'ai réalisé que j'étais seule en pleine nuit, au beau milieu de la forêt, avec une folle qui taillait des branches au rasoir.

– Dès que la pluie s'arrête, je pars, ai-je prévenu.

Elle n'a pas répondu.

La pendule a sonné onze heures. J'ai soufflé au cochon :

– Encore une heure et je parie qu'elle se transforme en loup-garou.

Il a grogné ; je lui ai donné les miettes de mon assiette.

Deux des bougies du chandelier se sont éteintes. Irma ne les a pas remplacées. Elle était plongée dans sa tâche, elle semblait m'avoir oubliée. Son visage était serein et mystérieux comme l'eau du lac tout proche.

Sous ses coups, le bois prenait forme. J'ai pensé que bientôt cette matière inerte deviendrait un cerf, comme celui qui ornait le grand candélabre. Ou bien peut-être un ours, un vieillard pêchant sur sa barque, une gargouille endormie, une truite, un couple enlacé : tout le peuple immobile qui veillait dans sa maison, et qu'on trouvait sur les étagères, au sommet des armoires, au bout des accoudoirs de fauteuil, et jusque sur les poignées des portes.

– C'est beau ici, j'ai dit.

– Merci.

J'enviais le don qu'elle avait : ses mains racontaient des histoires.

Je regardais tomber les copeaux. Au bout d'un moment j'ai demandé :

– Je peux ?

Elle a fait oui de la tête. Alors j'ai pris ceux qui me paraissaient les plus beaux : des boucles d'or un peu rugueuses, que j'enroulais autour de mon petit doigt en remuant des pensées tristes.

Quelque chose dans ces copeaux me parlait désespérément. Je me sentais solidaire d'eux. Parce qu'ils étaient ce que l'on avait dû ôter pour que le bout de bois trouve sa forme : ils étaient le superflu, le résidu, le rejet.

Ils étaient aussi la preuve que quelque chose émergeait, qu'une naissance avait lieu. Avant le copeau, le bois n'était qu'un bout de bois. Après le copeau, c'était une œuvre.

Peut-être même qu'Irma ne fabriquait pas des objets. Elle créait des êtres. Tout ce qu'elle touchait semblait devenir vivant.

J'aurais voulu être elle.

J'ai aplati un des copeaux, et je l'ai rangé dans la poche de mon jean, à l'intérieur de ma fiche pliée en deux. Puis j'ai posé mon visage sur mes mains, pour mieux observer les siennes.

Au début, j'ai pensé qu'elle sculptait une femme, à cause des courbes. Quelques minutes plus tard, j'ai changé d'avis en croyant reconnaître un profil familier : « Bien sûr, c'est son cochon qu'elle reproduit. »

Mais la lame a continué de mordre le bois, qui semblait de plus en plus tendre.

J'ai vu apparaître deux oreilles pointues, quatre pattes, une queue, et une gueule aux grandes dents. Alors elle a posé la figurine devant moi, et elle a dit en souriant :

– Tenez, c'est pour vous, jeune fille au cœur de loup.

C'est étrange comme on peut éprouver de la peine et du plaisir en même temps. Aussi étrange qu'une femme qui offre un cadeau en disant une vacherie.

J'ai pris le loup dans mes mains. C'était un très bel animal, figé dans une attitude de défi : le corps légèrement ramassé, montrant les crocs, l'air à la fois inquiet et menaçant.

Cette image de moi m'a désemparée. Pas à cause du rictus et des canines. Mais parce qu'elle incarnait la solitude.

Alors maintenant, c'était moi le loup de l'histoire ?

J'ai enlevé le pull gris de Djibril, pour laisser apparaître mon polo rouge à capuche. Et je n'ai pas pu m'empêcher de me demander qui je trouverais à la fin, si je pouvais ôter de la même manière toutes les peaux qui recouvraient mon âme. Je ne savais plus qui j'étais.

Mais j'ai remercié pour le loup, parce c'était un beau portrait.

– Vous trouvez que je suis méchante ? ai-je fini par demander.

– Non.

– Ah.

– En même temps, ça ne signifie pas grand-chose, a rectifié Irma, qui lissait au papier de verre les entrelacs de

feuilles de ses fauteuils. J'ai toujours tendance à sous-estimer le potentiel de nuisance des gens.

– C'est pour ça que vous les accueillez avec un fusil ?

Elle s'est mise à rire.

– Ce que je voulais dire, c'est que je ne suis pas bon juge en la matière. Je ne sais pas trop à quoi ça ressemble, la méchanceté. Ça change de visage tout le temps. Mais j'ai de la chance : dans ma vie, je ne côtoie que des gens bons.

« D'où le cochon », j'ai pensé.

– Et la bonté ? ai-je repris. Ça ressemble à quoi, pour vous, la bonté ?

– À deux mains jointes.

– Comme quelqu'un qui prie ?

– Ou comme quelqu'un qui aide quelqu'un d'autre.

Minuit a sonné. J'ai pensé que ce jour-là, je n'avais cessé d'aider une foule de gens. Ce qui faisait de moi la bonté incarnée. Mais personne n'avait l'air de s'en rendre compte.

– Pourquoi vous m'avez représentée en loup ?

– Je ne t'ai pas représentée en loup, je t'ai offert un totem. Une sorte d'ange gardien, si tu préfères.

Peut-être se moquait-elle de moi. Ou peut-être pas.

J'ai regardé le loup en face ; je lui trouvais l'air bien inquiet pour un ange gardien. Mais sans doute la tâche était-elle ardue.

J'ai posé ma tête sur mes bras repliés, mes joues contre la laine rouge de mon polo, et sous sa protection je me suis endormie.

Je rêvais que je marchais seule dans une forêt profonde. Il faisait nuit, mais la lune découpait des ombres sur le chemin. J'étais terrifiée parce que l'une d'elles me collait aux talons : c'était l'ombre d'un loup, immense et monstrueuse. Je voyais ses crocs se profiler en dents de scie sur le chemin ; je croyais entendre le murmure de son souffle, et le battement de sa course. J'avais beau fuir, la bête semblait toujours plus proche. Il me semblait que cette terreur n'aurait jamais de fin… Jusqu'à ce que je me retourne… Et que j'avance une main, malgré ma peur, pour caresser la bête. « Il faut l'apprivoiser, pensais-je, ou mourir. »

Moi j'avais choisi.

Je me suis réveillée un sourire aux lèvres. Une main était posée sur mon épaule, un visage se penchait vers le mien. J'ai su que c'était Djibril avant même de l'avoir vu.

– La pluie a cessé, a-t-il dit. Je te raccompagne chez toi.

Il avait l'air d'aller mieux. Il buvait une tasse de café serré, tout en vérifiant les piles de la lampe torche.

L'horloge indiquait deux heures du matin.

– Tu es sûr que c'est prudent ? a dit Irma. Parce que moi, je veux bien vous garder toute la nuit.

– Ne t'inquiète pas. Avec la lampe, on trouvera vite le raccourci jusqu'au chemin. Il y en a pour dix minutes maximum.

– Et après, quand tu l'auras déposée, comment tu vas faire pour rentrer chez toi ? Tu boites, les champs sont détrempés… Non, ce n'est pas raisonnable…

J'allais proposer de le loger chez moi, mais il a ri.

– J'ai ma moto. Elle marche encore, c'est bien pour ça que je l'ai trimballée dans les bois toute la soirée.

Comme j'allais protester, il a ajouté :

– Je mettrai mon casque. Il n'y a aucun risque.

Alors j'ai embrassé Irma, et j'ai salué le cochon.

Puis nous sommes partis.

Chapitre 14

Il y avait un parfum dans la forêt, une odeur irrésistible qui me transportait de joie : celle des sous-bois après la pluie. On sentait la terre et les feuilles mêlées, les racines gorgées d'eau, la sève des pins et les bruyères.

Le vent avait chassé les nuages, les étoiles brillaient à travers les branches : j'avais l'impression que le monde était un immense sourire.

On a pris un petit sentier qui commençait au coin du jardin, et que je n'avais jamais parcouru. Il descendait en pente douce le long d'un vallon planté de chênes et de noisetiers, au fond duquel chantait un ruisseau.

Je me sentais heureuse comme jamais de ma vie.

J'aurais voulu que ce trajet dure l'éternité. Mais au bout du vallon, le sentier a disparu. À sa place, une longue passerelle de planches enjambait un champ de roseaux : nous étions déjà arrivés à l'étang.

On s'est engagés sur le pont, qui résonnait comme un tambour. La brise dans les roseaux sifflotait des comptines. Je cherchais mes mots. J'avais le cœur un peu serré.

Après l'étang, on a retrouvé le chemin des Bruyères. Puis la route de mon village.

Puis le portail de ma maison.

– Voilà, a-t-il dit.

Au-dessus de la haie, je distinguais la fenêtre de la cuisine, où dansait malgré l'heure tardive la flamme d'une bougie.

Je me suis demandé qui veillait pour moi.

– Tu es sûr que tu ne veux pas entrer ? j'ai demandé.

Il a secoué la tête en souriant.

– On t'attend, a-t-il répondu.

Je me suis approchée de lui. J'entendais les percussions de nos deux cœurs. Leur rythme semblait l'écho d'une course lointaine. Mais je ne fuyais pas.

Alors il s'est penché vers moi, j'ai tendu vers lui mon visage et…

Il m'a embrassée sur le front.

La foudre ne m'avait pas atteinte, les arbres ne m'avaient pas blessée, la pluie ne m'avait pas affaiblie.

J'avais lutté tout le jour contre le vent, contre l'hostilité des gens, contre moi-même et ce qui, en moi, couvait perpétuellement comme un lac de lave. Mais ce baiser sur le front, c'était au-dessus de mes forces.

– Tu ne m'aimes pas, hein ? j'ai demandé.

J'avais la voix qui tremblait.

– Mais si, quelle idée ! a-t-il dit en riant. Pourquoi tu dis ça ? T'es horripilante, c'est vrai, mais quand même…

Et soudain, il a semblé comprendre. Il est venu vers moi et ses mains ont remonté ma capuche, encadrant mon visage.

– Allons, Petit Chaperon, tu as bien d'autres loups à dévorer.

Ou peut-être a-t-il dit :

– Voyons, mon petit loup, tu as plein d'autres chaperons à croquer.

Mais ce qui est sûr, c'est qu'il a conclu :

– Moi, je serais trop coriace.

Je savais qu'il mentait sur ce point, parce qu'en vérité il était tendre.

J'ai souri bravement, en essayant de me rappeler que j'étais dure, et pas le genre à pleurer comme une fillette parce qu'une andouille ne voulait pas de moi.

Je suis restée plantée là, devant lui, tandis qu'il bouclait son casque. Il m'a fait un petit signe pour me dire au revoir, puis il a démarré sa moto. Il s'y est repris à deux fois, et pendant tout ce temps je n'ai pas bougé.

Il me semblait que je n'en finissais pas de tomber dans un puits, avec mes cailloux, mes ciseaux, mes papiers, mes copeaux, et que rien n'arrêterait ma chute.

J'ai attendu qu'il ait disparu dans le tournant, j'ai même attendu que le son du moteur se soit évanoui dans la nuit.

Et lorsqu'enfin le silence est retombé sur moi, je me suis accroupie contre le portail, et je me suis mise à pleurer.

Jusqu'ici, j'avais toujours cru que le chagrin était mathématique, qu'il existait une sorte de loi des proportions, et qu'à chaque type de deuil ou de rupture correspondait un chagrin standard : il y avait des degrés préétablis, on souffrait un peu pour une dent cassée, et beaucoup pour la mort d'un proche.

Si l'on m'avait dit qu'un jour j'aurais le cœur brisé parce qu'un garçon presque inconnu n'avait pas voulu m'embrasser, j'aurais ri.

Et pourtant, recroquevillée dans le jardin de ma maison, j'avais l'impression qu'un palais de verre avait éclaté au fond de moi. Je n'étais plus qu'un tapis de cristal broyé.

J'avais tellement de peine que j'en étais surprise. Je découvrais en moi ce que j'avais toujours fui : j'étais peut-être dure. Mais j'étais fragile.

*

Je pleurais comme si ma vie n'avait été qu'une longue suite de rejets. Je pleurais pour des espoirs fantômes et des regrets flous. Je pleurais pour toutes les histoires d'amour mortes — y compris celles dont je n'avais jamais entendu parler.

Les larmes coulaient le long de mes joues, sur le dos de mes mains, sur le bout de mes bottes. Puis elles rejoignaient la terre, où elles mêlaient leur sel à l'eau de pluie. Et par le même chemin ma tristesse s'infiltrait dans le sol, jusqu'à des profondeurs inouïes, là où toutes les douleurs se retrouvent un jour.

Certaines sont comme des torrents qui grondent dans les abîmes, d'autres sont des fleuves sans fin, la mienne était un minuscule filet qui se fondait parmi toutes.

J'ai pensé que peut-être ma vie entière serait désormais un long goutte-à-goutte. Que je n'aurais plus jamais envie des lèvres d'un autre. Qu'on m'appellerait l'Inconsolable.

J'ai sorti le rétroviseur de ma poche, pour voir quelle tête cela avait, une inconsolable.

Je distinguais à peine mon visage sous la lune, mais je savais bien que je n'étais que plis et froissements. Un mythe s'effondrait : et si j'étais moche, en fait ?

Puis je me suis vue, là, dehors, dans la nuit, en train de pleurer dans un rétroviseur fêlé : beau résumé de mon existence. « Là, bravo, fillette. Cette fois, on touche le fond. »

Alors je me suis relevée. Et soudain, j'ai pensé avec une sorte de ravissement : « C'est donc ça, un chagrin d'amour ? C'est cette douleur-là ? »

Je me suis mise à aimer cette déchirure, parce qu'il paraît qu'elle fait grandir.

Chapitre 15

Je suis entrée dans la maison. Une forme était assise devant la table de la cuisine. Elle tenait sa tête dans ses mains. Je l'ai tout de suite reconnue.

– Mam… Louise ?

Depuis longtemps, je n'appelais plus ma mère maman.

La silhouette a sursauté, elle s'est levée d'un bond.

– Chérie, c'est toi ?

Et sans me laisser le temps de répondre, elle s'est précipitée vers moi.

– Oh, mon cœur, j'ai eu si peur… J'ai cru que je ne te reverrais plus…

Ses mains tâtaient mes cheveux, ses lèvres embrassaient mon cou, j'avais l'impression qu'elle me respirait, comme si tous ses sens cherchaient à se convaincre de ma présence.

– Viens, tu as froid, viens près de la bougie... Je vais en allumer d'autres... Il n'y a plus d'électricité, le téléphone est coupé... Ton père n'a pas pu rentrer, son train est resté bloqué à cause de la tempête...

J'ai remarqué qu'elle était habillée — d'un pull et d'une jupe trop grande, malgré l'heure avancée. Et c'était d'autant plus étonnant pour quelqu'un qui avait passé les derniers mois en robe de chambre.

Tandis que je la contemplais, elle continuait à me parler, à petites phrases hoquetantes :

– Je t'ai cherchée partout... Je suis allée chez ton amie... Ils ont dit que tu étais partie depuis une heure. Alors j'ai suivi la route... Mais il n'y avait rien... Que la pluie... et l'orage...

Son flot de paroles devenait un sanglot.

– J'ai tourné dans le chemin des Bruyères... J'ai dû m'arrêter parce qu'un arbre était tombé... J'ai voulu faire demi-tour... Mais la voiture s'est embourbée... Alors j'ai continué à pied... Dans la nuit... J'ai longé le bois... J'ai pensé que peut-être tu y étais, mais je me suis dit : « Jamais ma fille n'irait dans le bois ! »... Je suis rentrée à la maison, tu n'étais pas là... J'ai attendu, attendu...

Et en disant ces mots, elle m'a prise dans ses bras.

J'ai eu un frisson, sur le moment : je croyais deviner, sous les manches du pull, ses poignets striés de fines raies blanches. Je n'ai pas pu m'empêcher de penser que ce qui m'enlaçait, c'était des cicatrices.

Puis j'ai senti sa chaleur, et le frisson s'est évanoui.

J'ai respiré son parfum sur le col roulé de son pull — un parfum qu'elle ne mettait plus, mais qui était resté là, dans les mailles, au creux de la laine, en souvenir des vieux bonheurs.

– Maman, j'ai murmuré.

Elle m'a ôté mon imperméable, et la grosse laine de Djibril. Lorsqu'elle a vu mon polo rouge, deux larmes neuves ont fait briller ses yeux. Elle a remonté la capuche sur mon front, ses deux mains tremblantes encadrant mon visage, et elle a murmuré :

– Comme le temps passe… Il me semble que c'est hier, j'avais vingt ans et je portais cette capuche rouge… J'aimais tellement la vie, où est partie ma joie ?

Un instant, j'ai cru qu'elle allait s'éloigner de moi, et se perdre à nouveau dans la forêt de son esprit. Mais elle m'a souri.

– Tu as grandi, ma fille, a-t-elle dit. Tu es belle.

Et comme elle riait, j'ai pensé soudain que sa joie c'était moi.

*

Un peu plus tard, tandis qu'elle faisait chauffer du lait sur le feu de la cuisinière, j'ai sorti le loup de la poche de mon imperméable.

– Qu'est-ce que c'est ?

– C'est pour toi, j'ai dit. C'est un porte-bonheur.

J'ai revu ma journée — tout ce que j'avais vécu, tout ce que j'avais cru vivre, et tout ce que j'avais cru revivre : la grosse dame du rêve, la capuche rouge, le cours de maths, les décharges électriques, le coupe-ongles, la ferme de Sarah, le chien, le caillou, le goût du vomi, la fiche à embrasser. Et puis Léopoldine, mes plumes dans les cheveux, « Tu es un ange », les lèvres de Djibril, la honte, la boue sur mes bottines, le vent, l'eau froide du fossé comme deux mâchoires qui claquent, le bois de sapins, les éclairs blancs comme des néons d'hôpital, le rétroviseur. Et surtout… la main de Djibril sur mon épaule quand il m'a sauvé la vie, Irma et le cochon Ross, le loup sorti du bois, le baiser que je n'ai pas eu, maman.

Je me suis sentie heureuse. Je venais de me rappeler une phrase, entendue au cours de la journée, une phrase qui m'avait contrariée sur le moment, mais qui me faisait sourire à quatre heures du matin :

– Jérémy embrasse bien.

Je me suis promis d'en juger par moi-même.

L'auteur

Orianne Charpentier naît en 1974 à Saigon, pendant la guerre du Vietnam. Elle passe son enfance au Maroc, puis dans un petit village de Normandie. Après des études de lettres, elle intègre une école de journalisme, puis collabore à des magazines culturels et destinés à la jeunesse. Elle a gardé des lectures de ses douze ans (Verne, Kessel, Dumas...) le goût des voyages — ce qui l'a menée aux quatre coins du monde, du Québec à Djibouti, en passant par la Mongolie ou le Kirghizistan. Orianne Charpentier a déjà publié *Madame Gargouille* dans la collection Hors-piste.

L'illustrateur

Sébastien Mourrain est né à Aubervilliers en 1976. Il fait ses études à Lyon à l'école d'art graphique Émile-Cohl d'où il sort diplômé en 2000. Dès lors, il se lance dans l'illustration. Il travaille pour de nombreuses maisons d'éditions (Nathan, Actes Sud, Milan, Flammarion, Didier...) ainsi que pour la presse. Il a collaboré à de nombreuses reprises avec l'agence d'illustrateurs Costume3pieces. Il travaille sur des adaptations de contes classiques : *Barbe-Bleue*, *La Chèvre de M. Seguin*... et a illustré *L'Île aux chiens*, de Jean-Paul Nozière, dans la collection Hors-piste. Il vit à Lyon.

Dans la même collection

Fin août, début septembre
Jean-Paul Nozière / n° 1

Marie-Banlieue
Martine Delerm / n° 2

Rapt à Branchecourt
Yves Hughes / n° 3

Rocambole et le Spectre de Kerloven
Michel Honaker / n° 4

J'ai pensé à vous tous les jours
Loupérigot / n° 5

De l'autre côté du ciel
Évelyne Brisou-Pellen / n° 6

L'Attrape-Mondes
Jean Molla / n° 7

Le Bourreau de la Pleine Lune
Michel Honaker / n° 8

Poids plume
Nicky Singer / n° 9

Guerre secrète à Versailles
Arthur Ténor / n° 10

Jeremy Cheval
Pierre-Marie Beaude / n° 11

Cache-cache mortel
Michel Grimaud / n° 12

Dans la même collection

ROCAMBOLE ET LES MARIONNETTES DE LA MORT
Michel Honaker / N° 13

COMMENT DISPARAÎTRE ET NE JAMAIS ÊTRE RETROUVÉ
Sara Nickerson / N° 14

LA BALLADE DE CORNEBIQUE
Jean-Claude Mourlevat / N° 15

MYSTÈRE ET CRAPAUDAILLE
Yves Hughes / N° 16

CHIEN-DE-LA-LUNE
Erik L'Homme / N° 17

MARCUS ET LES BRIGANTES
Alice Leader / N° 18

ROCAMBOLE ET LE PACTE DE SANG
Michel Honaker / N° 19

LE GARDIEN
Malcolm Peet / N° 20

LA TROISIÈME VENGEANCE DE ROBERT POUTIFARD
Jean-Claude Mourlevat / N° 21

CHEVALIERS DE LA LICORNE
Yves Hughes / N° 22

MORTELS NOËLS / LES ENQUÊTES DE VIPÉRINE MALTAIS
Sylvie Brien / N° 23

PIÈGE EN FORÊT
Laurence Ink / N° 24

Rocambole et le Diable de Montrouge
Michel Honaker / n° 25

Embrouilles à ma façon
Alain Wagneur / n° 26

Le Secret des abîmes /
Les Maîtres des Brisants, II
Erik l'Homme / n° 27

Mon copain squelette
Gilles Barraqué / n° 28

Il faut sauver Athènes !
Alice Leader / n° 29

Jimmy Coates : assassin ?
Joe Craig / n° 30

Les Passe-Vents
Alain Grousset / n° 31

Rocambole et la Sorcière du Marais
Michel Honaker / n° 32

Julien d'Ombres / Le Royaume des Euménides, I
Patrick Delperdange / n° 33

Donjon maudit
Yves Hughes / n° 34

L'Affaire du collège indien / Les Enquêtes de Vipérine Maltais
Sylvie Brien / n° 35

Dans la même collection

Imprimé en Italie
par L.E.G.O. S.p.A. – Lavis TN

Correction et PAO : Belle Page

Dépôt légal : avril 2008
N° d'édition : 155469
ISBN : 978-2-07-061678-7
Loi n° 49-956 du 16 juillet 1949
sur les publications
destinées à la jeunesse